사랑이
그대를
부르는 순간

사랑이 그대를 부르는 순간

초판 1쇄 인쇄	2014년 07월 10일		
초판 1쇄 발행	2014년 07월 17일		

지은이	김 재 환		
펴낸이	손 형 국		
펴낸곳	(주)북랩		
편집인	선일영	편집	이소현, 이윤채, 조민수
디자인	이현수, 신혜림, 김루리	제작	박기성, 황동현, 구성우
마케팅	김회란, 이희정		
출판등록	2004. 12. 1(제2012-000051호)		
주소	서울시 금천구 가산디지털 1로 168, 우림라이온스밸리 B동 B113, 114호		
홈페이지	www.book.co.kr		
전화번호	(02)2026-5777	팩스	(02)2026-5747

ISBN   979-11-5585-286-6 03810(종이책)   979-11-5585-287-3 05810(전자책)

이 도서의 국립중앙도서관 출판예정도서목록(CIP)은 서지정보유통지원시스템 홈페이지(http://seoji.nl.go.kr)와
국가자료공동목록시스템(http://www.nl.go.kr/kolisnet)에서 이용하실 수 있습니다.
(CIP제어번호: 2014020963)

사랑이
그대를
부르는 순간

김재환 지음

북랩 book Lab

사랑이 부르는 소리를 들어본 적 있는가?

혹시 그대는 사랑이 부르는 소리를 들어본 적 있는가? 이 질문이 정말 바보 같은 질문일지도 모르겠지만, 나는 사랑이 부르는 소리를 들어본 적이 있다. 그리고 이 글을 쓰고 있는 지금 이 순간도 사랑이 부르는 소리를 듣고 있다. 물론 내가 결코 신기한 능력이 있거나, 남들과 다르게 특별한 삶을 산 것은 아니다. 그렇지만 나는 지금도 사랑이 부르는 소리를 들으며 살아가고 있다.

내가 보기에는 모든 사람이 사랑이 부르는 소리를 듣는 것은 아닌 것 같다. 어떤 사람은 사랑이 부르는 소리를 희미하게나마 들어본 적이 있을 것이고, 어떤 사람은 평생 동안 한 번도 제대로 들어보지 못했을 수도 있다. 그렇기에 사랑이 나를 부르는 이야기를 들려주려 한다. 그리고 이 글을 읽는 그대에게도 사랑이 부르는 소리가 들리기를 원한다.

한발 더 나아가 사랑이 부르는 소리를 들었는지 듣지 못했는지보다도 더 중요한 것은 사랑이 부르는 소리를 듣고 그 소리가 곧 사랑임을 알아채는 것이기에, 마침내 이 글을 다 읽은 그대가 사랑이 부르는 소리를 듣고 그것이 곧 사랑임을 알았으면 한다.

　내가 이 글에서 말하고자 하는 사랑은 아름답고, 낭만적인 사랑이라기보다 따뜻하지만 오히려 슬프고, 애절한 사랑이다. 나는 이 아픈 사랑을 통해 사랑이 나를 부르는 순간을 쓰고자 한다. 이 글을 쓰고 있는 지금, 내 몸 상태는 그리 좋은 상태는 아니다. 하루하루 조금씩 나는 육체적으로도 정신적으로도 죽음을 느끼고 있다. 이제 27살이 되는 내가 인생에 대해서 무언가를 담아내기에는 스스로도 굉장히 어린 나이라고 생각한다. 그렇지만 죽음을 가까이 앞두고 쓰는 글이기에 그리 가볍지만은 않을 것이다. 이 글을 읽고 있는 그대에게 죽음을 앞에 둔 사람의 마음을 담아 따뜻하지만 가슴 아픈 사랑 이야기를 꺼내려고 한다.

　그대가 이 글을 읽고 있을 때, 내가 이 세상에 있을지 없을지는 잘 모르겠지만, 그래도 그대가 이 글을 읽고 있다면, 내 인생에서 배운 가슴 아픈 사랑이 조금이나마 그대에게도 전해지길 바란다. 내 사랑이야기를 통해 그대가 사랑의 소리를 들을 줄 알고, 사랑이 그대를 부르는 순간을 느낄 수 있다면, 그것이 지금 내가 이 글을 쓰고 있는 가장 큰 이유이자, 가장 큰 행복이 될 것이다.

차례

사랑을
배운
어린 시절

25살에 갑자기 찾아온 간암, 내가 암이라니…

나는 27살의 대학원생이다. 26살에 총신대학교를 졸업하고, 그 해 총신대학원에 입학과 동시에 휴학하게 되었다. 한창 열심히 공부하던 25살, 우연치 않게 내 간에 암이 있다는 사실을 알게 되었다. 대학교 4학년 2학기, 육군 학사 장교로 군대를 가기 바로 전의 일이었다. 학교에서 병원과 협약을 맺어서 30만 원 하는 종합건강검진을 3만 원에 할 수 있다고 해서, 태어나 처음으로 종합건강검진을 받아보게 되었다. 어릴 때부터 지금까지 큰 병 없이 살아왔지만, 그래도 내 건강 상태를 알아볼 기회가 생겼기에 군대를 가기 전에 내 몸 상태가 어떤지 한 번 확인해보고자 종합건강검진을 받기로 한 것이다. 종합건강검진은 기초적인 검사부터 위 내시경 검사까지 꽤 여러 가지 검사가 있었다. 그중에 간 초음파 검사를 하셨던 의사선생님께서 검사를 하는 도중에 내게 말씀하셨다.

"간에서 혹 같은 무언가가 보여요. 젊은 사람이니까 제 생각에는 혹 같은데, 혹시 암일 수도 있으니 꼭 빠른 시일 내에 CT(컴퓨터 단층촬영)를 한 번 찍어보세요."

그리고 2주 정도 후에 집 근처 병원인 일산병원에서 CT를 찍게 되었다. 일주일이 지난 후 CT 검사결과가 나왔을 때, 의사선생님께서는 내가 전혀 생각해보지도 않았던 소식을 전해주셨다.

"간에서 4~7cm 정도 크기의 암이 보이네요. 하지만 전혀 손을 쓸 수 없는 상태는 아니에요. 좀 더 늦게 발견되었으면 굉장히 치명적일 수도 있었는데, 지금이라도 발견되어서 오히려 다행이네요. 간 절제 수술은 우리 병원에서도 수술은 할 수 있지만, 정밀하게 수술할 수 있는 서울에 있는 더 큰 병원에 가서 간 절제 수술을 받으시는 게 좋겠어요."

그리고 서울에 있는 병원 중에서 서울대병원, 연세세브란스병원, 서울아산병원, 서울삼성병원을 추천해주셨다. 25살에 간암이 발견되는 경우는 큰 대학병원에서도 굉장히 드문 일이었다. 간암은 대개 빠르면 30대 후반, 보통은 40대 이후로 나타나기 때문이다. 그렇게 졸업을 앞둔 4학년 2학기에 갑작스럽게 나는 간암으로 간 절제 수술을 받게 되었다. 그래도 학기 말이었기 때문에 학점이 나와서 졸업과 대학원 입학은 가능했다.

나는 살아오면서 술을 입에 대본 적이 거의 없었기 때문에, 내가 간암이라는 사실을 나뿐 아니라 내 주변에서 나를 봐오던 많은 이들도 선뜻 받아들이지 못했다. 내가 평생 동안 술을 입에 댄 기억이 나는 것도 두 번 뿐이다. 한 번은 초등학교 시절 냉장고에서 물병인 줄 알고 마시다가 물에서 이상한 맛이 나서 뱉었던 기억, 다른 하나는 대학교 동아리 친구 집으로 농촌 봉사활동을 갔을 때 친구 아버지께서 막걸리를 한 잔 따라 주서서 마셨던 기억이다. 그만큼 나는 어렸을 때부터 술맛이 이상하다고 생각했고, 맛없는 술을 마시는 것도 전혀 이해할 수 없었다. 그리고 술 먹고 취한 어른들의 모습이 더더욱 이해되지 않았기에, 어려서부터 절대로 술을 마시지 않기로 결심했었다. 물론 내가 어릴 때부터 하나님을 믿는 신앙을 가지고 있기도 했지만, 지금 생각해보면 신앙적인 이유보다도 오히려 어렸을 때 술에 대한 좋지 않은 인상으로 술은 절대로 마시지 않기로 결심했던 것 같다. 어쨌든 위의 여러 가지 이유로 나는 술을 거의 입에 댄 적도 없었다. 그래서 왜 내가 간암에 걸리게 되었는지 이유를 알아보았다. 내가 간암에 걸린 이유는 B형 간염 보균자였기 때문이었다. (여기에서 B형은 혈액형이 아니다.) B형 간염 보균자 중에서도 굉장히 어린 나이에 B형 간염이 지방간이나 간경화도 없이 간암으로 진행된 경우였다. 모든 B형 간염 보균자가 간암에 걸리는 것도 아니고, 대부분은 40대 이후로 간암으로 진행되는 경우가 많은데, 나는 그중에서도 굉장히 이른 시기에 간암에 걸리게 된 것이었다.

그래도 그나마 다행이었다. 왜냐하면 간은 거의 통증을 느끼지 못하는데, 간이 통증을 느끼기 시작하고 병원에 오면 대부분 간경화나 간암이 상당히 진행되어 수술이 어려운 경우가 많기 때문이었다. 그리고 외과적 수술인 간 절제 수술이 가능했기 때문이다. 간은 사람의 몸에서 유일하게 재생가능한 장기이고, 70%를 잘라낸다 하더라도 다시 95% 이상으로 재생되는 장기이기 때문에, 간 절제 수술이 가능하다는 것만으로도 굉장히 희망적인 상황이었다. 그래서 나는 25살, 2012년 12월 4일, 대학교 4학년 2학기 기말고사 기간에 서울아산병원에서 간 절제 수술을 받게 되었다. 간 절제 수술은 성공적이었다. 수술 후에 배에 20cm 이상의 큰 흉터가 생겼지만, 그래도 간이 점점 자라고, 수술했던 자리가 점차 아물면서, 수술하기 전과 같은 몸 상태로 돌아오게 되었다. 그리고 이 수술로 원래 가기로 되어 있었던 군대도 6급으로 면제를 받게 되었다.

많은 친구들과 주변 사람들이 내게 위로와 격려를 해주셨다. 그동안 수술하느라고 고생했다고, 너를 더 크게 쓰시기 위해서 이러한 고통을 주신 것 같다고 건강하라고 말씀해주셨다.

하지만 주변 분들의 위로와 격려가 근심으로 바뀌게 되는 시간은 그리 오래 걸리지 않았다. 간 절제 수술 후 8개월도 되지 않아 간암이 혈액을 타고 폐로 전이되었기 때문이다. 평생 담배를 전혀 입에도 대지 않았는데도 폐로 전이된 것이다. 의사선생님께서는 간암이 폐로 전이되었고, 암의 개수가 6개이기 때문에 간암 4기라고 말씀하셨다. (암의 명칭의 기준은 암이 발생한 부위에 있는 것이 아니라 원발암을 기준으로 한다.) 그리고 더 이상의 외과적 수술로는 치료가 불가능했기 때문에 항암화학요법으로 항암약(넥사바)를 먹으면서 8개월을 버텼다.

하지만 이제는 마지막 남은 치료방법이었던 넥사바도 내성이 생겼기 때문에 더 이상 먹을 수 없어서, 임상연구 외에는 병원에서 제시하는 다른 치료방법이 없게 되었다. 그리고 2014년 4월, 나는 죽음을 앞에 둔 시한부의 삶에서 내 인생을 통해 배운 사랑이야기를 전하고자 이 글을 쓰게 되었다.

어느 날 갑자기 찾아온 간암, 그리고 암이 폐로 전이되었다는 소식은 내게 점점 죽음이 가까이 오고 있다고 언제 죽을지 모르니 인생을 떠날 마음의 준비하라고 이야기하고 있었다. 이렇게 점점 죽음의 그림자가 드리워지고 있는 상황이지만, 나는 이 순간에도 사랑을 느끼고 있고, 지금 너무도 행복하다. 이런 나를 보면 죽음을 앞두고 내가 미쳤다고 할지도 모르지만 지금 나는 오히려 정신이 맑고 굉장히 또렷하다. 지금은 이 글을 읽고 있는 그대가 내가 행복하다는 것에 동의할 수 없겠지만 이 글을 다 읽었을 때 어떻게 내가 이런 상황 속에서도 행복할 수 있는지 이해하게 되기를 바란다. 젊은 나이에 암환자로, 시한부로 사는 것은 누가 보기에도 괴로워 보이지만 나는 이 순간에도 사랑이 내게 말하고 있음을 인생을 통해서 배워왔다. 만약 내가 이전의 인생에서 사랑을 배우지 못했었다면, 지금 느끼는 행복을 느낄 수 없을 것이다. 그렇게 배운 사랑을 이제 조금씩 그대와 함께 나누려 한다.

'아이(I)', 하늘이 허락해준
소중하지만 고통스러운 선물

지금으로부터 27년은 더 된 이야기를 시작하려고 한다. 내가 태어나기도 전에 일어난 이야기, 내가 겪은 일이지만 눈으로 보지 못했고, 단지 여러 사람을 통해 귀로만 전해 들어온 이야기다.

1987년 어느 날, 하늘에서 이 땅에 선물이 도착했다. 그 선물은 바로 혼자서는 아무리 애를 쓴다 해도 받을 수 없고, 둘이 함께 있어야만 받을 수 있는 그런 하늘의 선물이었다. 또한 둘이 간절히 바란다고 해도 받을 수 없는 그저 하늘이 주는 선물이기도 했다. 그리고 하늘은 그 선물의 내용을 바로 확인할 수 없도록 기나긴 기다림의 시간을 주었다. 그렇게 그 선물은 한 여인의 몸에 가장 깊고 따뜻한 곳에 자리 잡게 되었다.

이 이야기는 분명 나만의 이야기는 아닐 것이다. 아마 이 글을 읽고 있는 우리 모두의 이야기일 것이다. 이제 하늘이 준 선물 이야기에 나의 이야기를 하나 더 보태면서 '아이(I)'의 이야기를 시작하려고 한다.

'아이(I)'는 하늘이 준 선물로 이 땅에 내려왔다. 그런데 아직 엄마도, 아빠도 하늘이 허락한 선물을 알지 못했다. 이 선물을 가장 먼저 알아챈 사람은 엄마였다. 엄마는 보이지는 않지만, 자신에게 하늘이 선물을 주었음을 조금씩 느낄 수 있었다. 서서히 몸에서 찾아온 변화를 감지할 수 있었기 때문이다. 그리고 그 아이는 조금씩 엄마에게 말을 걸기 시작했다. "엄마, 배가 고파요." 하늘의 선물은 엄마 품속에서 제일 먼저 배고프다고 했다. 그리고 엄마에게 엄마가 먹고 싶은 음식도 좋지만 자신이 먹고 싶은 음식도 달라고 하기 시작했다. '엄마, 딸기가 먹고 싶어요.' 아빠가 힘겹게 딸기를 구해다주면 딸기를 조금 먹다가도 갑자기 말했다. '엄마, 복숭아가 먹고 싶어요.' 이런 변덕스러운 아이의 떼씀에도 엄마, 아빠는 힘들어하기보다 오히려 즐거워했다. 그리고 아이는 엄마에게 배고프다는 얘기 외에도 다른 것을 요구했다. '엄마, 너무 심심해요. 엄마, 노래 불러줘요. 엄마, 재미있는 이야기해줘요.' 그렇게 아이의 요구가 늘어날수록 엄마의 기쁨은 더욱 커갔다.

엄마는 아이를 위해서 자신이 보고 싶은 것을 보기보다 아이에게 보여주고 싶은 것을 보기 시작했다. 자신이 좋아하는 음악을 듣기보다 아이가 들을 만한 음악을 들려주기를 원했다. 아이가 점점 커갈수록 엄마는 자신이 하고 싶은 것을 포기하고 아이가 하고 싶어 하는 것은 무엇일지 귀 기울이기 시작했다. "엄마는 포도가 먹고 싶은데, 아이야, 너는 어떤 과일이 먹고 싶어? 엄마는 드라마를 보고 싶은데, 아이야, 너는 어떤 거 보고 싶어? 엄마는 신나는 노래 듣고 싶은데, 아이야, 너는 어떤 노래 듣고 싶어?" 엄마는 아이를 가지기 전에 해오던 것을 하고 싶기도 했지만 아이에게 맞추기 위해서 자신이 하고 싶은 것을 조금씩 포기했다. 그리고 아이와 엄마의 관계는 점점 친밀해져만 갔다. 아이는 엄마에겐 세상 무엇과도 바꿀 수 없는 보물이었고, 아이의 기쁨은 곧 엄마의 기쁨이었다.

그렇게 아이는 하늘이 보낸 선물로 왔지만, 이 선물이 꼭 좋은 소식만을 담고 오지는 않았다. 누군가 무소식이 희소식이라 했던가? 하늘이 준 선물에는 좋은 소식과 나쁜 소식이 함께 적혀 있었다. 하지만 그 소식을 모르고 있던 사람들은 하늘에서 준 좋은 소식에만 귀를 기울이고 있었다. 그리고 얼마 지나지 않아 하늘이 보낸 선물은 곧 근심으로 바뀌게 되었다. 엄마가 산부인과에 가서 아이가 얼마나 자랐는지 보려고 사진을 찍으러 갔을 때였다. 의사 선생님께서 조심스럽게 말씀하셨다.

"아이와 함께 엄마의 비장에서도 물혹 같은 것이 함께 자라고 있네요. 그냥 물혹일지는 모르지만, 좀 더 지켜봐야 할 것 같네요."

그리고 조금 더 시간이 지나고 엄마는 의사 선생님께 새로운 이야기를 듣게 되었다. 병원을 방문했던 어느 날 의사는 조심스럽게 엄마에게 이야기를 꺼냈다.

"비장에서 자라고 있는 혹이 암일 수도 있을 것 같네요. 만일 암이라면 시간이 흐르면 더 이상 손을 쓸 수 없을 것 같습니다. 이 혹을 떼어내려면 비장을 떼어내는 수술을 해야 하는데 그러면 태아의 생명이 위험…할 것 같네요…. 부인의 생명을 위해서는 아이를…."

엄마는 눈앞이 캄캄했다. 조금 전까지만 해도 대낮처럼 밝은 세상이 칠흑 같은 어두운 밤으로 바뀌는 데에는 그리 오랜 시간이 필요하지 않았다. 아이를 살리려면 엄마의 생명이 위태로웠고, 엄마를 살리려면 아이의 생명이 위태로웠다. 엄마와 아빠는 어떤 선택도 하기 어려웠다. 하지만 하늘이 엄마를 외면한 듯 시간은 멈추지 않고 계속해서 흘러갔다. 이제는 결정을 해야 할 순간이 찾아왔다. 아빠는 엄마에게 조심스럽게 말을 꺼냈다.

"아이는 다음에 또 가질 수 있잖아. 우선은 당신부터 살고 봐야지…."

아빠는 아이도 사랑하지만 엄마를 사랑했다. 하지만 그렇게 하기엔 엄마는 아이를 너무나도 사랑했다. 아이에게 세상을 보여주고 싶다고, 나는 30년 가까이 이 세상을 보아왔지만 내가 사랑하는 이 아이는 내 안에만 있었을 뿐 아직 세상을 한 번도 보지 못했다고, 이 아이에게 세상을 보여주고 싶다고… 물혹이 암이 아닐 수도 있으니 우선 아이부터 낳아보자고….

아빠는 엄마의 마음을 알지만 그렇게 하고 싶지 않았다. 물론 아이를 사랑하지만 두 생명을 건 선택의 기로에서 정작 자신은 아내를 떠나보내야 하는 선택이 될 수도 있었기 때문이다. 엄마는 아빠를 계속해서 설득했다.

내가 아이를 얼마나 사랑하는지 당신도 알지 않냐, 내가 어떻게 나 살자고 아이를 죽이냐고… 어떻게든 아이도 살고, 나도 살 수 있는 길을 택해야 한다고….

아빠는 마지못해 엄마의 결정에 따르기로 했다. 아이는 그런 엄마와 아빠의 마음도 모른 채, 자신이 살기 위해 엄마의 생명을 계속해서 자기 것으로 하고 있었다. 그런 아이를 위해 엄마는 계속해서 자신의 생명을 주었다. 아이가 엄마의 마음을 제대로 알고 있는지는 모르지만 계속해서 속삭였다.

"아이야, 엄마가 너를 사랑하고, 사랑하고, 사랑해…"

그렇게 엄마의 배는 혹과 함께 점점 불러왔다. 배가 불러갈수록 엄마의 고통은 점점 커졌지만, 아이를 사랑하는 마음은 그 고통 속에서도 점점 커져만 갔다. 그리고 1988년 4월 23일, 하늘이 보낸 선물인 '아이(I)'는 엄마가 그토록 보여주고 싶어 했던 세상을 처음으로 볼 수 있게 되었다.

내가 어떻게 태어나게 되었는지 알아가는 것은, 내게는 사랑이 처음으로 나를 부르는 순간을 알아가는 귀중한 시간이었다. 물론 이건 스스로는 절대로 알 수 없었다. 나의 어린 시절을 지켜보았던 누군가가 없이 이를 알아간다는 것은 절대 불가능했다. 나도 내가 어떻게 태어났는지, 나의 부모님은 어떤 분이셨는지, 주변 어른들을 찾아가서 진지하게 알아보는 시간을 가졌다. 나는 젊은 나이에 죽음을 앞두고 알아본 것이기 때문에 이를 어른들의 이야기를 직접 듣는 행운도 있었다. 누군가는 이미 알아볼 수 있는 시간이 지났을지도 모른다.

나는 그대의 어린 시절을 아는 어른들이 이 세상에 계셨으면 한다. 그리고 부디 그대가 그분들을 찾아가 그대가 어떻게 태어나게 되었는지 알아보았으면 한다. 어느 누구도 사랑 없이 태어난 사람은 없을 것이다. 그래서 그대가 어떻게 태어나게 되었는지 그 순간을 알아갔으면 한다. 손에서 떠난 화살을 다시 잡을 수 없듯, 손에서 화살이 떠나가기 전에 그 화살을 잡을 수 있는 행운이 그대에게 있기를….

암, 그 치명적인 죽음의 그림자

　아이는 세상의 빛이 무서웠다. 하늘에서 내려온 순간부터 지금까지 계속 어두웠는데, 처음으로 엄마 뱃속에서 나와서 보게 된 세상은 너무나도 밝았다. 너무 밝아 눈조차 제대로 뜰 수 없었고, 익숙하지 않은 두려움에 울음이 먼저 터져 나왔다. 이런 아이를 보고 엄마랑 아빠는 웃음을 터트렸다. 하지만 그 웃음이 슬픔으로 바뀌는 건 한순간이었다. 엄마랑 아빠가 가장 두려워했던 일이 서서히 현실로 찾아오고 있었다. 아이를 낳고 난 후 배가 원상태로 돌아와야 하는데, 계속 불룩하게 나와 있는 것이었다. 그리고 마침내 듣게 된 소식은 엄마의 몸에서 자란 혹이 암이라는 사실이었다. 가장 마주치고 싶지 않았던 일이 현실로 다가온 순간은 엄마, 아빠 모두 망연자실하게 만들었다. 그리고 서서히 그 사실을 온몸으로 받아들이기 시작했다.

　엄마는 자신이 살고 싶기도 했지만 이제 갓 태어난 아이가 엄마 없이 자라게 하고 싶지 않았다. 그래서 할 수 있을 만큼 최선을 다해 암과 싸워보기로 했다. 해산으로 만신창이가 된 몸을 추스르기도 전에 암과의 싸움을 시작한 것이었다. 먼저 암을 제거하기 위해서 비장을 떼어내는 수술을 받았다. 비장을 떼어내는 수술은 성공적이었지만 얼마 지나지 않아 암은 혈액을 타고 췌장으로 전이되었다. 수술이 성공적이라고 이제 괜찮을 거라고 안심시키던 의사선생님께 암이 췌장으로 급작스럽게 전이되었다는 얘기를 듣게 되고 더 이상 치료하던 병원을 믿을 수 없어서 다른 병원으로 옮겨 항암치료를 받기 시작했다. 이렇게 시작된 항암치료는 무척이나 고통스러웠다. 아이를 낳고 비장을 떼어내는 수술도 고통스러웠겠지만 암을 죽이기 위해서 정상세포도 죽이는 과정은 차라리 죽는 게 더 나을 것 같다고 할 정도였다. 엄마는 자신을 위해서 그리고 아이를 위해서 살고 싶었지만 온몸에서 느껴지는 고통 때문에 암과 싸우려는 의지는 점점 약해져만 갔고 그보다도 더 고통스러운 건 시간이 지날수록 암이 사라지기보다 점점 몸 전체로 퍼져간다는 소식을 듣는 것이었다. 이렇게 엄마는 아이를 낳은 후 여러 병원에서 항암치료를 받으면서 1년이라는 시간을 보냈다.

그리고 더 이상 암과 싸워보겠다는 노력이 무의미하다는 말을 듣기까지는 그리 오랜 시간이 걸리지 않았다. 계속된 항암치료로 고통스러운 나날을 보내던 중 의사를 통해 듣게 된 소식은 이제 살아갈 날이 3개월도 희박하다는 것이었다. 아무리 힘든 시기를 견뎌내며 살아왔다고 해도, 이 소식을 듣고 두려워하지 않을 수 있는 사람이 있을 수 있을까. 암은 그 자체로도 충분히 치명적인 죽음의 그림자였다. 지금도 물론 암에 걸렸다는 것은 절망적인 소식이지만 의술이 지금보다 발달하지 않았던 그 시기에 암은 곧 죽는다는 말과도 같았다. 그리고 이제 곧 살아갈 날이 얼마 남지 않았다는 것을 의사를 통해 재확인하는 것은 지금까지 어떻게든 버텨온 사람이라 할지라도 정신마저 무너지도록 하기에 충분했다. 사실 임신 중에 물혹을 떼어냈다 해도 이후에도 어떻게 될지 알 수 없었을 텐데 시기를 한참 놓치고 아이를 해산하고 나서 거의 만신창이가 되어버린 몸으로 1년 가까이 암 투병을 계속해온 것만으로도 정말 경이로운 일이었다.

옆에서 지켜보는 아빠는 이를 견딜 수가 없었다. 엄마를 대신해서 자신이 그 고통을 견디고 싶을 정도였다. 엄마는 점점 자신의 몸으로도 죽음의 신호를 느꼈지만 그 사실을 직접적으로 받아들이는 것은 쉽지가 않았다. 그리고 아이가 자라는 것을 보고 있는 것만으로도 기쁜데 앞으로는 더 이상 그 기쁨조차 느낄 수 없을 것이라는 사실이 죽음 자체보다도 더 가혹했다. 그리고 마지막으로 엄마의 살기 위한 처절한 몸부림이 시작되었다. 물에 빠져 다 죽어가는 사람이 옆에 떠다니는 지푸라기라도 어떻게든 잡고 살아보려고 하는 몸부림처럼, 엄마는 더욱 처절한 초인적인 몸부림을 시작했다. 그래서 어떻게든 살아보겠다는 심정으로 엄마와 아빠가 믿고 있는 종교인 기독교를 통해 신비로운 기적을 바라며 기도원에 들어갔다.

아빠도 엄마를 어떻게든 살리기 위해서 갖은 애를 썼다. 1년간 일과 함께 엄마를 간병을 해가면서 지내다가 친척에게 아이와 아이의 2살

터울인 누나를 맡기고는 용하다는 기도원의 치유를 기대하며 엄마를 데리고 갔다. 그 시절 나는 이모네, 작은 아빠네, 삼촌네 등 여러 친척 집을 얹혀가며 동냥젖을 먹으면서 살았다. 들어갔던 기도원에서 누구는 암 덩어리가 떨어져 나가고, 누구는 다 죽어가던 사람이 기적적으로 살게 되었다는 소식을 눈으로 직접 보기도 귀로도 듣기도 했다. 하지만 정작 남은 재산마저 헌금으로 드린 엄마와 아빠가 바라던 그 기적은 일어나지 않았다. 오히려 엄마에게 죽음의 그림자는 점점 드리워져 갔다. 엄마는 암이 온몸으로 퍼져가면서 느끼는 극심한 고통으로 자신의 몸조차 점점 가누기 힘들어졌다. 그래도 엄마와 아빠는 마지막까지 기적을 바라며 버텨보려 했지만, 엄마가 몸조차 제대로 움직일 수 없어서 몸과 바닥이 계속 맞닿아 생긴 욕창으로 기도원에서조차 쫓겨나게 되었다.

이렇게 암이 점점 엄마의 온몸에 제 집인 양 자리 잡아가면서 그로 인해 아파하고 괴로워하는 것을 바라보는 아빠의 마음에서는 하늘을 향한 원망이 쏟아졌다. '차라리 아이를 주시지 마시지, 왜 주셔서, 아내에게 왜 이런 고통을 주시는 겁니까. 얼마나 힘겹게 살아온 사람인지 아시면서 굳이 이렇게까지 꼭 해야만 했습니까!' 하고 울부짖었다.

　　마지막 살기 위한 초인적인 몸부림 때문이었을까. 하늘이 그 원망을 들었기 때문일까. 그래도 의사가 말한 3개월보다는 1년 가까이 살기는 했지만 엄마는 그렇게 아이의 무의식에서조차 없는 존재로 하늘의 부름을 받았다. 아이의 누나는 엄마를 조금은 기억할지도 모르지만 적어도 태어난 지 2년이 조금 지난 아이가 엄마가 어떤 분인지 기억하는 것은 불가능했다. 아마 생의 마지막 순간까지 엄마는 아이를 보며 이렇게 말했을 것이다. "엄마가 너랑 같이 있어주지 못해 미안해…. 그렇지만 엄마는 누구보다도 너를 사랑해." 그렇게 "미안해, 사랑해"라는 말을 연신 속삭이며 하늘로 올라가셨다.

아빠는 엄마의 죽음을 받아들이기가 어려워 조금 더 기도원에서 계셨다. 사실 암이란 무서운 죽음의 그림자는 환자인 엄마에게만 해당되는 것이 아니었다. 지켜보는 가족에게도 마찬가지로 죽음의 그림자였다. 아빠는 엄마가 돌아가셨다는 사실을 받아들일 수 없었고 이 현실을 잊어보고자, 도저히 감당할 수 없는 한을 풀어 보고자 기도원에서 울부짖으면서 6개월 정도 사셨다. 그리고 엄마가 죽었다는 것을 아는지 모르는지, 울다가 웃다가 하는 원망스러운(?) 아이도 엄마가 남겨놓은 마지막 선물이기에 주어진 인생을 애써 살아가기를 선택하셨다. 그리고 서울에 있는 여러 병원, 기도원의 생활을 정리하고 엄마가 항암치료 중에 돌아가신 증조할머니의 시골집도 정리했다. 그리고 형편이 여의치 않아서 여러 친척집에서 얹혀살다가 여수에 자리를 잡고 아이 둘을 키우며 살게 되었다. 하지만 엄마 없이 돈을 벌어야만 하는 아빠가 아이 둘까지 키우기란 정말 쉽지 않았다.

엄마가 하늘로 올라간 지 2년 가까이 아이 둘을 키우며 살던 아빠는 그러던 중에 지금의 엄마를 만났다. 지금의 엄마도 남편과 사별하고 딸 셋을 두고 있었다. 아빠는 아이가 5살이 되던 때 재혼을 했다. 나는 아빠가 엄마를 잊었다기보다 엄마가 사랑했던 아이를 엄마 없이 키우고 싶지 않았기 때문에 재혼을 했을 거라고 생각한다. 하지만 재혼을 한다는 것은 이제 엄마를 잊어야만 하는 시간이라는 말이기도 했다. 사별한 배우자끼리 재혼한 가정에서도 이전의 배우자 이야기를 꺼내는 것은 금기시 되었다. 그 이야기를 꺼내는 것만으로도 두 가정이 하나의 가정이 되는 걸 어렵게 했기 때문이다. 아이들도 사별한 아빠와 엄마에 대해 이야기하는 것은 허용되지 않았다. 그리고 아빠는 엄마에 대한 사진을 불태우고 모든 흔적을 지웠다. 그래서 일찍 엄마를 하늘로 보내야 했던 내게 나를 낳아주신 엄마는 더더욱 없는 존재가 되었다. 그리고 그 자리를 자연스럽게 지금의 엄마가 채워갔다. 일찍부터 아이는 '엄마'란 존재가 없었기에, 자연스럽게 아이에겐 지금의 엄마는 새엄마가 아니라 그냥 '엄마'로 받아들여졌다.

누구나 인생을 살아가면서 사랑하는 이에게 죽음의 그림자가 드리워지는 것을 지켜보는 것은 너무나도 괴로울 것이다. 하지만 나는 이러한 고통의 시간이 점점 그대에게 진정한 사랑이 무엇인지를 생각해보게 하는 귀한 순간이라고 생각한다. 그 시기가 창자가 끊어지는 것 같은 고통의 시간이라고 해도 말이다. 당연히 그 자리에 있을 것이라 생각했던 누군가가 그 자리에서 점점 멀어져 가는 것을 볼 때 비로소 그가 나에게 얼마나 소중한 존재였는지, 내가 그를 얼마나 사랑했는지를 알게 된다. 그리고 누군가를 보내는 아픈 사랑은 신기루처럼 사라져 버릴 것이 아니라 한이라 할지라도 그대의 가슴 속에 영원히 남을 것이다. 고통의 시간은 당시에는 너무나도 아프지만 그 아픈 순간도 당신 안에 영원히 남을 사랑을 알도록 하는 귀중한 시간이기도 하다. 가슴 아픈 고통의 순간에서도 사랑을 무엇인지를 배워가는 축복이 그대에게 있었으면 한다.

일찍 어른이 되어야만 했던 엄마와 아빠

어렸을 때부터 읽을 때마다 정말 바보 같지만, 왠지 모르게 가슴 뭉클한 감동적인 이야기가 있었다. 아마 누구나 한 번쯤은 들어본 이야기일 것이다. 쉘 실버스타인(Shel Silverstein)의 《아낌없이 주는 나무》가 바로 그것이다.

옛날에 나무 한 그루와 나무가 사랑하는 소년이 하나 있었다. 소년은 매일 나무와 놀았다. 소년은 나무를 사랑했고, 나무도 소년을 사랑했다. 그래서 나무는 행복했다. 하지만 시간은 흘러, 돈이 필요한 소년에게 나무는 사과를 따서 돈을 벌게 해주었다. 그래서 나무는 행복했다. 꽤 오랜 세월이 지나고, 집이 필요한 소년을 위해 나무는 가지를 잘라 가도록 했다. 그래도 나무는 행복했다. 또 오랜 세월이 지난 후, 배가 필요한 소년에게 나무는 자신의 몸통마저 베어 가도록 했다. 그래도 나무는 행복했다. 더 오랜 세월이 흐른 후 소년이 다시 밑동만 남은 나무에게 찾아 왔을 때, 나무는 소년에게 편히 쉴 수 있는 의자가 되어주었다.

이 이야기를 어렸을 때 접하고, 내가 어른이 돼서야 엄마가 어떤 분이 신지 제대로 듣게 되었는데, 아낌없이 주는 나무 이야기는 다른 누군가 의 이야기가 아니라 바로 엄마의 인생 전체 이야기라는 생각이 들었다.

엄마는 어려서부터 자신보다 사랑하는 이를 위해 살아온 분이셨다. 엄마가 10살쯤 되었을 때, 가장이신 외할아버지께서 암으로 일찍 돌아 가셨다. 외할머니가 4명의 자식들을 먹여 살려야 했는데 가난했던 그 시절, 여자 혼자 4명의 자식을 먹여 살리는 것은 여간해서는 쉽지 않았 다. 그래서 외할머니가 택한 길은 첫째인 장녀인 엄마가 학교를 가지 않고 일찍부터 돈을 벌고 둘째인 장남이 성공하도록 잘 뒷바라지를 하 는 것이었다. 엄마는 10살 즈음에 다른 집에서 식모로 일하면서 조금 씩 돈을 벌기 시작했다. 이런 가정환경에서 자랐기에 엄마는 어린 나이 부터 외할머니에게는 남편과 같은 존재이자 어린 동생들에게는 아빠와

같은 존재가 되어야만 했다. 물론 같은 또래에 친구들이 다니는 학교는 엄마와는 상관 없는 먼 다른 나라 이야기와 도 같았다.

엄마는 어린 시절부터 스무 살이 되기까지 가족을 위해서

식모로 살았다. 그리고 어린 나이부터 어렵게 돈을 벌었기 때문에 자신을 위해 돈을 쓰는 게 참 어려웠다. 외할머니와 동생들을 위해서 돈을 선뜻 꺼냈었지만 정작 엄마 자신을 위해서는 천 원 한 장조차 꺼내는 것을 힘들어했다. 이모는 엄마가 주머니에 천원을 꼬깃꼬깃 넣어놨다가 정작 쓰지 못하고 잃어버린 것을 꽤 많이 보았다고 했다. 엄마는 어렸을 때부터 어른이 되어야만 했기에 자신의 속내를 누구에게도 쉽사리 잘 드러내지 못했다. 그래서 견디기 힘든 일이 있어도 누구에게도 이야기하지 않고 항상 마음속으로 혼자 끙끙 앓았기에 이모가 보기에도 엄마가 너무나 불쌍하게 보였다고 했다. 정말 미련한 바보 같은 이야기의 주인공이 엄마라는 이야기를 듣게 되면서, 내가 전혀 기억도 하지 못할 나이에 돌아가서서 얼굴과 이름이 내게는 너무나도 어색한 엄마를 떠올리면서 참 많이 울었었다.

아낌없이 주는 나무 이야기에서 엄마의 이야기가 희생이라면, 아빠의 이야기는 잘려나가는 고통에 가까웠다. 지금은 집안이 넉넉하지 않지만 아빠는 어려서부터 여수 돌산 신기의 부자로 사셨다. 6·25 전쟁이 끝난 지 10년도 안 지났을 때였는데 소도 있고, 땅도 있고, 종도 여럿 있는 집의 장남으로 태어나셨다. 그래서 아빠는 다른 친구들보다 고생도 모르고 자랐다. 그리고 키도 컸고 인물도 훤칠해서 학교에서나 마을에서나 여자들에게 인기 있었다고 했다. 물론 어른들의 옛날이야기에 항상 안줏거리처럼 붙어있는 과장이라고 생각되기도 하지만 그래도 그 시절 다른 사람들에 비해서 잘 사셨던 것은 분명한 것 같았다. 어렸을 때부터 친했던 아빠의 친구 분들도 아빠가 예전에는 부자였다고 말씀하셨고 지금의 엄마도 여수 돌산 방죽포 출신이신데 주변 친구들에게 아빠가 부자인 걸 들었다고 했다. 내 생각에도 이 시기가 6·25 전쟁 이후 얼마 되지 않은 시기였으니 그냥 하는 얘기는 아닌 것 같았다.

하지만 잘 살았던 집안의 가세가 급격히 기우는 데에는 그리 오랜 시간이 필요하지 않았다. 아빠가 13살이 되던 시기에 친할아버지께서 갑자기 사고로 돌아가시게 되었다. 지금도 아빠의 존재는 집안의 가세에 굉장히 큰 영향을 미치지만 1970년대 가장이 없다는 말은 곧 가정의 몰락이라는 말과도 같았다. 그리고 아빠가 아버지라는 존재 없이 어른이 되어가는 과정은 정서적으로도 쉬운 일은 아니었다. 물론 친할머니께서 가장의 역할을 하면서 든든한 버팀목이 되어주셨는데, 아빠가 성인이 되기 전에 친할머니도 암에 걸리셨다는 청천벽력 같은 소식을 듣게 되었다. 아빠는 남은 재산을 친할머니의 암을 치료하기 위해 사용했다. 꽤 많은 재산이 있어도 버는 것이 없이 나가는 것만 많아지자 그렇게 부유했던 집안이 몰락하는 것도 한순간이었다. 어머니를 살리기 위한 아빠의 수많은 노력에도 결국 친할머니께서는 암으로 돌아가시게 되었다. 이렇게 성인이 되기 전에 가정에 경제적, 정서적인 든든한 버팀목이 모두 잘려져 나가고 자신이 그 자리에 조금씩 잘리고 깎이어 스스로가 버팀목이 되어야만 하는 것은 너무나도 견디기 어려운 고통이었다.

　이렇게 힘겹게 살던 엄마와 아빠가 만나게 되었다. 엄마는 당시 왕십리에 새로운 직장을 구해 일했는데 여수에 갔을 때 아빠를 우연히 만나게 되었고 만난 지 3개월도 지나지 않아 결혼하게 되었다. 엄마 아빠가 살아온 인생이 비슷해서 그렇지 않았을까 하는 생각이 들기도 했다. 그렇게 엄마는 아빠와 결혼을 하면서 이제 힘겨운 시간이 끝날 줄 기대했지만 지금까지 살아왔던 삶보다 더 고통스러운 시간이 기다리고 있었다. 아빠도 지금까지 가슴 아픈 시기를 지나왔기에 이제는 조금씩 고생 끝에 낙이 오길 간절히 바랐을 것이다. 하지만 엄마와 아빠의 기대가 무너지는 데에는 그리 오랜 시간이 필요하지 않았다.

엄마와 아빠가 결혼한 뒤 얼마 지나지 않아 시골에서 살고 계시던 증조할머니께서 치매에 걸리셨다. 친할아버지와 친할머니께서 모두 돌아가셨기에 손자인 도리로 아빠가 증조할머니를 모시게 되었다. 그래서 가족이 모두 시골로 들어가서 농사를 지으며 살게 되었다. 어린 시절부터 식모로 살아왔던 엄마지만 한 번도 일해보지 않았던 농사일을 배워야 했고 치매에 걸린 할머니를 모셔야만 했다. 엄마도 치매에 걸려 벽에 똥칠하는 할머니를 모시는 것이 정말 쉽지 않았을 테지만 일찍 부모님을 여읜 아빠도 할머니마저 벽에 똥칠하는 것을 지켜보며 살아 내기가 여간 쉽지 않았을 것이다. 마치 하늘이 가문에 내린 저주 같은 현실을 온몸으로 마주 대하며, 하루하루 힘겹게 현실을 버텨내기 위해서 술로 한을 씻어보고자, 멍한 정신으로 현실을 잊어보고자 취한 채로 살아가는 시간도 많으셨던 같다.

그리고 그 시기에 엄마는 누나를 임신했다. 한꺼번에 주어진 고된 환경의 변화로 시간이 흐를수록 엄마의 얼굴은 날이 갈수록 수척해졌다. 이모가 휴가를 한 번 내서 엄마를 찾아왔는데, 엄마가 너무 힘겹게 살아가고 있는 게 보이고, 얼굴도 몰라보게 수척해져서 너무 마음이 아팠는데 그보다 더 마음이 아픈 건 힘겹게 살아가는 이야기를 이모에게 조차 속 시원하게 얘기하지 못하는 것이었다. 그렇게 힘겹게 살아가던 엄마는 누나를 낳은 후 2년 뒤에 나를 임신하게 되었다. 이모가 생각하기에는 고통스런 삶의 힘겨움을 어느 누구에게도 토로하지 못하고 엄마 혼자서 끙끙 앓다가 결국 그 힘겨움이 몸 안에서 암으로 자란 것 같다고 했다.

엄마가 나를 낳고 난 후, 아빠에게 아내가 암이라는 소식은 마치 간신히 콩닥콩닥 뛰고 있는 아빠의 심장에 누군가 찾아와 꽂는 날이 선 비수와도 같았다. 아버지의 사고로 인한 죽음, 어머니의 암, 할머니의 치매, 아내의 암, 이 모두 아빠가 아무리 발버둥치며 극복해보려고 해도 바꿀 수 있는 종류의 것들이 아니었다. 마치 도저히 벗어날 수 없는 운명의 굴레와도 같았다. 그리고 결국 아빠는 엄마마저 하늘이 부르는 것을 옆에서 멍하니 지켜볼 수밖에 없었다. 아빠에게는 이제 더 이상의 버팀목은 없었고 홀로 아이 둘의 버팀목이 되어야만 했다. 세상 그 무엇으로도 감당할 수 없는 삶의 무게를 지고 살아가기가 힘들었을 시점에 아빠는 아빠처럼 배우자를 떠나 보낸 지금의 엄마를 만나게 되었다.

아낌없이 주는 나무는 자신이 잘려나가는 고통마저 감수하면서 소년을 사랑했던 나무였다. 그리고 그 이야기는 나에게는 단순히 우화로 끝나는 이야기는 아니었다. 소년은 나무가 사과를 줄 때 나무의 사랑이 얼마나 큰지를 잘 알지 못했다. 나무의 가지가 잘려나가도, 나무의 몸통마저 잘려나가도 나무가 소년을 얼마나 사랑했는지 알지 못했다.

그러다 마침내 소년 자신이 밑동만 남은 나무의 처지가 되어서야 비로소 나무가 자신을 얼마나 사랑했는지를 알았다.

사실 나뿐만 아니라 우리 모두가 소년처럼 살아가다가 자신이 받은 사랑이 얼마나 큰 사랑이었는지를 깨닫는 순간이 바로 자신이 마치 볼품없이 밑동만 남은 나무와 같은 처지가 되었을 때는 아닐까.

낳아준 엄마, 길러준 엄마, 모두 사랑이었음을…

　내가 대학생일 때 2년 동안 한국장학재단의 국가근로장학생으로 사회복지센터에서 어린이를 가르치는 일을 한 적이 있다. 내가 다닌 곳은 동작구 신대방 삼거리에 위치한 꽤 규모가 큰 종합복지센터였는데, 그 중 청운아동복지센터와 청운보육원에서 일을 했었다. 그곳에서 여러 어린이들을 만났다. 부모님이 안 계신 아이도 있었고, 부모님은 계셨지만 서로 이혼한 가정인 아이도 있었고, 부모님은 모두 계셨으나 경제적으로 너무 어려운 아이들도 있었다. 그 아이들을 2년 동안 가르치고 지켜보면서 내 어린 시절을 생각해보게 되었다. 그리고 계속 스스로에게 물어보았다. '내가 만일 지금의 엄마를 만나지 않았다면, 나는 지금쯤 어떤 사람이었을까?' 물론 만약이라는 단어는 큰 의미가 없다지만, 그래도 나에게는 지금의 '엄마'를 만나서 힘들었던 시간이 있었을지라도 '엄마'를 만난 것이 나에게는 큰 축복이 아니었을까 하는 생각을 다시금 해보는 계기가 되었다.

　내가 5살 때쯤, 지금의 엄마와 아빠가 재혼을 해서 한 가족이 되었다. 내가 살면서 여러 이유로 재혼한 가정을 종종 봤었지만 지금까지 서로 사별한 배우자가 재혼을 한 경우는 한 번도 본 적이 없다. 그만큼 쉽게 찾아보기 어려운 가정이 새롭게 태어난 것이다. 그래서 지금의 엄마와 누나 셋의 한 가족과, 아빠와 나와 누나의 한 가족이 함께 만나 새로운 하나의 가정이 되었다. 나는 지금의 엄마를 '엄마'로 받아들이는 것이 그리 어렵지 않았다. 엄마가 워낙 어렸을 때 돌아가셔서, 나를 낳아주신 엄마의 얼굴도 전혀 알지 못했다. 그리고 어렸을 때부터 이 집 저 집 얹혀사는 게 익숙했었고, 5살 때 만난 지금의 엄마가 '엄마'처럼 잘 대해주셨기에 새 엄마가 아닌 그냥 '엄마'라고 받아들였던 것 같다. 물론 애석하게도 날 낳아주신 엄마는 더 이상 나에겐 없는 존재가 되었고, 나에게 잘해주시는 지금의 엄마가 곧 '엄마'가 되었다.

당시에 '엄마'를 받아들이는 것보다 더 컸던 문제는 서로 다른 환경에서 살던 두 명의 자녀와 세 명의 자녀가 이제 다섯 명의 자녀가 되는 것이었다. 물론 세 명의 누나가 다섯 살의 어린 남자아이를 귀엽게 여겨줘서 나는 잘 적응했던 것 같지만, 비슷한 또래의 세 명의 누나와 한 명의 배다른 한 명의 누나가 하나가 되기는 어려웠던 것 같다. 그리고 식구가 많은 집에서 경제학적 원리를 굳이 가르치지 않아도 먹을 것, 입을 것에서 자연스럽게 약육강식의 삶을 배웠다. 이 세상살이가 늘 그렇듯 나는 약한 한 명의 누나보다 강한 세 명의 누나를 따랐다. 거기에서 힘들었던 건 아마 나보다 누나였을 것 같다. 이렇게 재혼과 함께 찾아온 새로운 가정환경의 변화에서도 나는 살기 위한 내 보금자리를 자연스럽게 마련해갔다. 그리고 누구도 나에게 나를 낳아주신 엄마가 누구인지 말해주지 않았고, 나도 그것에 대해서 알 필요성도 전혀 느끼지 않았다. 왜냐하면 나는 살아갈 만한 생존의 자리를 충분히 확보해 놓았고, '엄마'와 누나들이 나를 귀여워해주고, 좋아해주는 그 시간이 충분히 행복했기 때문이다.

내가 초등학교 2학년 무렵 우리 집은 여수에서 경기도로 이사를 하게 되었다. 부모님께서 학교는 서울에서 다녀야 한다며, 집 주변이 아닌 서울로 학교를 다니게 되었다. 초등학교 저학년 때부터 집에서 30분 이상 걸리는 원거리 통학을 하게 되었다. 그리고 새로 다니게 될 초등학교에서 가정환경을 조사하면서 나에겐 중요한 문제가 수면 위로 드러나게 되었다. 그 당시에는 재혼을 해도 성씨는 낳아주신 아빠의 성씨를 써야만 했다. 그래서 나랑 누나 한 명은 김 씨인데, 세 명의 누나는 우 씨였다. 나와 누나들과 서로 성씨가 다르다는 것은 나에게는 언제 터질지 모르는 다이너마이트와도 같았다. 그리고 어느 날 누군가 다이너마이트 심지에 불을 붙이는 순간이 찾아왔다.

아마 내가 초등학교 3학년 때쯤이었을까. 학교에서 가정의 형편이 어떻게 되는지, 부모님은 무엇을 하시는지, 가족 구성원은 어떻게 되는지를 적어서 내는 시간이 있었다. 그리고 며칠 지나지 않아, 수업을 마치고 담임선생님께서 나를 교무실로 부르셨다. 그리고는 가정에 대해서 궁금하신 것을 물으셨다.

"재환아, 넌 누나가 참 많이 있구나. 그런데 성이 다른 누나가 3명이 되네? 혹시 부모님께서 재혼하셨니? 선생님이 생각하기엔 네 성이 아빠랑 같은 걸 보니 '엄마'가 새엄마이시구나. 맞니?"

선생님의 물음은 지금까지 나에게 열리지 않았던 판도라의 상자를 열게 되는 계기가 되었다. '엄마가 새엄마…?'

그리고 이것저것 알아보면서 지금까지 암묵적으로 숨겨왔던 진실을 하나씩 알게 되었다. 나를 낳아주신 엄마와 지금의 엄마는 같지 않았다. 그리고 더 충격적인 사실은 나를 낳아주신 엄마는 이 세상에 계시지 않는다는 것이었다. 더구나 나는 나를 낳아주신 엄마가 어떤 분이셨는지조차 전혀 모르고 살아왔었다는 것이다. 그리고 엄마 이야기를 쉽사리 물어볼 수도 없었다. 하나뿐인 친누나도 어린 나이에 엄마가 돌아가셔서 엄마에 대해서 거의 알지 못했고, 아빠도 가정의 평화를 위해서 돌아가신 엄마에 대한 얘기를 한 번도 해주시지 않았다. 또한 아빠는 재혼을 하면서 엄마의 관한 흔적을 모두 지워야만 했었다. 남아있던 사진조차 모두 불태웠기 때문에 나는 엄마의 얼굴조차 본 적이 없었다. 이런 분위기 속에서 아빠에게조차 돌아가신 엄마이야기를 꺼내는 것도 쉽지 않았다. 그렇게 자세하지 않지만 조금씩 드러나는 진실은 어린 나에게는 점점 더 커다란 충격으로 다가왔다.

지금의 엄마가 나를 낳아주신 엄마가 아니라는 사실과 이제 나를 낳아주신 엄마는 이 세상엔 존재하지 않는다는 사실은 어린 나로서는 너무나도 받아들이기 버거운 이야기였다. 또한 나도 지금까지 이 사실을 모르고 살아왔었기에 낳아주신 엄마조차 알지 못하는 지금의 내 모습조차 너무나도 싫었다. 내가 누구에게서 태어났는지 알지 못한다는 것은, 내가 어디에서 왔는지, 나는 누구인지를 알지 못하는 것과도 같았다. 그리고 어느 누구도 나에게 내가 어디에서 왔는지, 나는 누구인지에 대해서 대답해주지 않았다. 그래서 나를 낳아주신 엄마가 더 이상 이 세상에 계시지 않는다는 사실을 알게 된 이후로 내가 속상한 일이 생기거나, 가슴이 답답할 때마다 자연스럽게 나는 상상 속에서 하늘에 있을 엄마를 떠올리곤 했다. 비록 엄마의 이름도 모를 뿐만 아니라 얼굴도 모르지만, 왠지 엄마가 하늘에서 나를 지켜보고 있는 것 같았다. 그래서 속상한 일이 있을 때마다 조용히 베개에 얼굴을 파묻고, "엄마는 나를 왜 이 세상에 이렇게 혼자 두고 가셨어요."라는 말을 연신 읊조리기도 했다.

　물론 어린 시절에는 여러 가지 이유로 많이 괴로워했었지만, 내가 어른이 되어서 지난 시간을 떠올려봤을 때, '엄마'는 내게 최선을 다해주셨다. 비록 '엄마'가 나를 낳지는 않으셨지만, 최대한 자녀들을 서로 차별하지 않고, 공정하게 대해주시기 위해 애쓰셨다. 물론 실제로 낳은 자식만큼은 사랑할 수 없겠지만 실제로 낳은 자식처럼 사랑해주셨다. 그보다 문제는 '엄마'를 받아들이는 나의 태도였다. 나를 낳아주신 엄마에 대한 그리움이 커질수록 나와 '엄마'의 관계는 점점 더 힘들어졌다. 나는 이런 혼란함을 잊어보려고 내 선에서 할 수 있는 반항을 했다. 학교에서 애들과 주먹싸움을 하고, 늦은 저녁까지 집에 들어가지 않고, 집에 있을 때도 홀로 컴퓨터 게임에 빠져 살았다.

그렇게 혼란스러운 시기를 살았기 때문에 예전에 한 번 차라리 나를 낳아주신 엄마의 존재를 알지 못하고 살았으면 어땠을까 하는 생각을 해본 적도 있었다. 지금은 그러한 고민을 했던 시기가 나에겐 없어서는 안 될 만큼 꼭 필요한 시간이었다고 생각한다. 나를 낳아주신 엄마를 생각해보는 시기는 내게 인생에서 진정한 사랑에 대해서 생각해보게끔 하는 중요한 시간이었다. 엄마라는 존재를 알지 못했다면 나는 엄마가 내게 베풀었던 사랑의 의미를 알지도 못하고 그냥 살아갔을 수도 있었다. 또한 돌아가신 엄마를 떠올리면서 내게는 없었을지도 모르는 '엄마'를 내게 알게 해주신 지금의 엄마에게 굉장히 고마움을 느끼는 순간이기도 했다. 지금의 엄마가 없었더라면 내게 '엄마'라는 이미지는 아예 없었을 것이고 '엄마'라는 느낌 자체를 몰랐을 것이기에 더욱 불안하고 혼란스러운 시기를 살았을 것 같다. 이렇게 점점 시간이 흐르면서 낳아주신 은혜와 키워주신 은혜가 무엇인지를 더 깊이 생각해보게 되었다.

물론 나를 낳아주신 엄마의 존재를 몰랐기에 갑작스럽게 찾아온 혼

사랑이
그대를
부르는 순간

란스러움이 그때는 내 인생의 향방을 흔들었고, 내 삶은 답답한 마음으로 무척이나 고통스러웠다. 하지만 시간이 흐른 지금 그 시간은 또한 사랑을 조금 더 알아가는 순간이었다는 것을 알게 되었다. 물론 한참이 지나서야 사랑이 속삭이고 있었다는 것을 듣게 되었지만 그렇게 혼란함과 답답함 속에서도 사랑은 계속해서 나에게 조금씩 속삭이고 있었다. 낳아준 은혜, 길러준 은혜, 이 은혜가 없었다면 지금의 나는 아마 없었을 것이다.

그대의 인생에서도 그대를 낳아준 사랑, 그대를 길러준 은혜를 한 번 곰곰이 생각해보았으면 한다. 비록 그대를 길러준 사람이 나처럼 낳아준 엄마가 아닐지라도 누군가가 그대를 양육했다는 건, 자신의 삶을 깎아내야만 하는 시간임에는 분명하리라 생각한다. 나는 그대가 어떤 양육을 받으면서 살아왔든 간에, 낳아준 은혜, 길러준 은혜를 애써 외면하기보다 한 번쯤 진지하게 되새겨보는 순간이 있었으면 한다.

혼란스러운 시기에 만난
고마운 선생님

나를 낳아 주신 엄마가 이 세상에 없다는 것을 알게 된 후, 혼란했던 내 정체성은 곧 여러 가지 반항으로 터져 나왔다. 우선 학생이 당연히 해야 하는 학교 공부를 해야 할 의미를 잃었다. 그 시절 나는 왜 공부를 해야 하는지를 납득하지 못했고, 어른들이 말하는 공부를 해야 하는 이유에도 전혀 동의할 수 없었다. "학생이니까 공부를 해야지. 커서 훌륭한 사람이 되려면 공부를 해야지. 다른 애들도 다 공부를 하니까 너도 공부를 해야지."라고 말하는 건 나에게 공부를 해야 할 이유로는 충분하지 않았다. 나는 내가 학생이고 싶어서 학생이 된 게 아니었고, 나는 꼭 어른들이 말하는 훌륭한 사람이 되고 싶지 않았고, 남들이 다 공부하니까 공부해야 한다는 것은 짊어지기 싫어도 모두가 짊어지고 있으니까 나도 억지로 짊어져야만 하는 무거운 짐과도 같았다.

오히려 나는 그 시기에 내 정체성에 관한 질문인 '내가 누구인지, 어디에서 왔는지'가 훨씬 더 궁금했다. 그 당시 내가 이 질문에 어느 정도 답을 얻었더라면, 내가 왜 공부를 해야 하는 지도 알 수 있었을 것 같다. 하지만 어느 누구도 나를 낳아주신 엄마가 누구이고, 나는 어디에서 오게 되었는지에 대해서 말해주지 않았다. 그 누구도 대답해 주지 않는 질문에 나 스스로 답을 찾아야 했지만 나 혼자는 도저히 알 수 없는 대답이었다. 그래서 나는 답답한 상황을 벗어나보고자 내게 주어진 현실을 잠시나마 잊을 수 있는 다른 방법을 찾고자 했다. 나와 비슷한 고민을 가진 것 같은 친구들과 함께 시간을 보내는 건 너무 즐거웠고, 이렇게 친구들과 시간을 보내다 보면 언젠가는 해답을 찾을 수 있을 것 같기도 했다.

이런 고민을 하면서 학교 공부뿐만 아니라 가족과의 관계까지 어려워졌다. 내 고민을 누구에게도 털어놓을 수 없다고 느낄 때 자연스럽게 나는 나를 낳아주신 엄마를 떠올렸다. 내가 상상 속에서 엄마를 조금 더 그려갈수록 '엄마'와 관계가 점점 어려워졌고, 나는 급기야 '엄마'가 싫어지기 시작했다. 그리고 '엄마'와 나의 갈등의 골이 점점 깊어져 갈수록 '엄마'와의 언쟁도 많이 일어났다. 내가 '엄마'와 싸울 때마다 아빠는 내 편보다 '엄마' 편을 들었고, 이런 행동을 지켜보는 나로써 아빠가 나를 낳아주신 엄마는 이미 잊어버리고, '엄마'와 행복하게 살아가는 것처럼 보였다. 아빠가 '엄마'랑 가까워진다고 느껴질수록 나는 아빠와 더 멀어지는 것 같았다. 그래서 점점 아빠와의 관계도 어려워졌다. 그래서 한동안 거의 아빠와의 대화를 하지 않았다. '엄마'와 아빠뿐만 아니라 누나들과의 관계도 점점 멀어지기 시작했다. 사춘기가 찾아오면서 성별이 다른 누나들과의 대화가 점점 어려워졌고, 이런 상황 속에서 나는 점점 집에 걱정을 끼치는 말썽꾸러기가 되어갔다. 시간이 흐를수록 점점 나와 가족들은 멀어지기 시작했고, 가족들과 멀어질수록 내 또래 친구들과의 관계는 더욱 소중해지기 시작했다.

어른들과 누나들과 달리 또래 친구들은 내게 잔소리를 하지 않았고, 오히려 항상 내 편을 들어주었다. 친구들은 나를 이해해주었고 적어도 친구들과 노는 순간만큼은 답답한 내 상황을 잊을 수 있었다. 그래서 내 얘기를 들어주는 친구들과 있으면 내 마음은 편했고, 혹시 이런 친구들을 괴롭히는 애들이 생기면, 내가 먼저 나서서 친구를 대신해서 싸우는 경우도 많았다. 이런 생활이 지속될수록 나는 점차 소위 말하는 초등학교 일진에 속하게 되었다. 나는 내 친구들과의 우정 외에 다른 인간관계는 그리 중요하지 않게 여겼다. 이런 반항적인 내 모습은 선생님이나 부모님에게 좋게 보일 리가 없었다. 물론 나도 어른들의 시선을 느끼고 있었지만, 나에게는 선생님이나 부모님보다 친구들이 훨씬 더 소중했다.

그런데 그 대책 없던 시기에 의외로 나를 이해해주시는 한 선생님을 만나게 되었다. 초등학교 6학년 때 만난 담임선생님은 지금까지 만나본 다른 어른들과는 달랐다. 내가 다른 반 애와 싸우게 되었을 때의 일이다. 우리 반 친구가 괴롭힘을 당했고, 나는 그 괴롭힘을 응징해준다고 다른 반 애한테 찾아갔고, 그리고 곧 그 애와의 싸움이 시작됐다.

그 당시 나는 무서울 것 없이 들이댔기 때문에 얼마 지나지 않아 다른 반 애의 눈에 커다란 멍 자국을 나게 만들었다. 그 애가 울면서 나에게 잘못했다고 말하자 싸움을 지켜보던 주위의 친구들이 말리면서 곧 싸움이 끝나게 되었다.

그렇게 한바탕 싸움이 벌어지고 난 후, 나는 교무실에서 담임선생님과 면담을 하게 되었다.

"재환아, 너 왜 그 애랑 싸웠니? 너랑 싸운 애가 눈이 시퍼렇게 멍들었잖아."

"우리 반 친구가 그 애한테 괴롭힘을 당해서 싸웠어요. 죄송해요."

나는 선생님께서 여타 다른 어른들처럼 말도 안 되는 핑계라며 당연히 계속 잔소리를 할 것이라고 예상했다. 그런데 선생님에 반응은 다른 어른과는 조금 달랐다.

"그래? 네가 친구를 위해 싸운 거라면 선생님은 네가 잘했다고 생각해. 그런데 그 애를 조금만 혼내주어도 됐는데, 눈까지 멍들게 한 건 네가 그 애 부모님까지 속상하게 만든 거잖아. 그건 네가 잘못했지?"

"네…."

"그럼 그 잘못에 대한 벌은 네가 받도록 해. 앞으로 한 달 동안 혼자 방과 후에 남아서 교실청소하고 선생님한테 검사받고 돌아가는 거야, 알겠지?"

"네…."

흔히 어른들이 그러듯 선생님도 눈앞에 나타난 결과를 보고 몹시 화를 내며, 사건의 발단인 내가 책임을 져야만 한다면서, 내게 언성을 높이며 고래고래 잔소리를 할 거라 생각했다. 그런데 예상과는 달리 나를 이해해주시면서 납득할 수 있는 벌을 주신 것이다. 물론 내가 잘못했기 때문에 벌을 받는다는 것은 똑같았지만, 적어도 그 순간만큼 선생님께서 나를 대해주신 태도는 주변 어른들과는 굉장히 달랐다. 말썽꾸러기라고, 학교에서 모두가 아는 일진이라고, 낙인찍힌 나에게 선생님의 말과 행동은 다른 어른들과는 다르게 굉장히 따뜻하게 느껴졌다.

이렇게 해서 나는 한 달 동안 방과 후에 혼자 남아서 교실청소를 하게 되었다. 빗자루로 쓸고, 대걸레로 닦고, 칠판청소도 하고, 책상과 의자줄도 잘 맞춰야 했다. 혼자서 교실청소를 하려면 아무리 빨리 해도 40분 정도의 시간이 걸렸다. 물론 청소를 안 하고 도망치고 싶은 마음은 굴뚝같았다. 청소를 시작하고 며칠 동안은 친구들이 나와 같이 놀기 위해서 기다리기도 했고, 나도 친구들과 놀고 싶어서 도망가고 싶기도 했지만 내게 따뜻하게 대해주신 선생님을 실망시키고 싶지 않았다. 그래서 친구들을 먼저 보내고 청소를 다 끝낸 후에 놀러가기로 마음을 먹었다. 선생님은 이런 나를 지켜보셨고, 또 한 달 동안 벌이라고 나를 구박하기보다 오히려 청소를 잘했다고 칭찬해주시고 고생했다고 간식을 사주기도 하셨다. 그래서 이렇게 나에게 따뜻하게 대해주시는 선생님을 위해서 한 번도 도망가지 않고 한 달간의 청소를 잘 마치게 되었다. 이런 나를 선생님께서 눈여겨봐주셨다.

어린 시절 나는 외로울 때 노래 부르는 것을 좋아했다. 특히 동요, 만화주제가는 희망이 없던 나에게 조금이나마 희망을 꿈꿀 수 있도록 해주었다. 그런데 그 해 처음 우리 학교가 있는 서울 은평구에서 각 학교 학생들을 대상으로 동요대회가 열리게 된 것이다. 동요대회가 처음 열리기도 했고 이제 6학년이라 마지막으로 동요대회에 나가보고 싶은 마음에 선생님께 동요대회에 나가고 싶다고 말씀드렸다. 하지만 문제는 우리 반 부반장이던 선화라는 여자애도 동요대회를 나가고 싶다고 한 것이었다. 선화라는 애는 우리 반에서도 공부를 잘했고 지금까지 선생님의 말씀도 아주 잘 들었던 모범생이었다. 나는 당연히 선화가 동요대회에 나갈 줄 알았고, 별로 큰 기대를 하지 않고 있었다. 하지만 내 예상과는 전혀 다른 일이 일어났다.

담임선생님께서는 반 친구들을 앞에 두고 말씀하셨다.

"우리 학교 6학년에서 은평구에서 열리는 동요대회에 1명이 나갈 수 있는데, 우리 반에서만 두 명의 친구가 나가고 싶다고 신청 했어. 두 명의 친구는 바로 재환이랑 부반장인 선화야. 그런데 선생님은 선화보다 재환이가 나갔으면 좋겠어. 물론 선화가 공부도 잘하고 선생님 말도 잘 들어왔지만, 지난 한달 동안 재환이가 방과 후 청소를 한 번도 빼먹지 않고 혼자서 청소하면서 우리 반을 깨끗하게 해주었잖아. 그동안 재환이가 우리 반을 위해서 고생했으니 동요대회에도 한 번 나가보는 게 좋을 것 같은데 너희들도 괜찮니?"

반 아이들은 누가 동요대회 나가는지는 큰 관심사는 아니었기에, 선생님 말씀이라 그냥 "네~" 하고 대답했다.

이렇게 나는 은평구 동요대회에 나가게 되었고 동상을 받게 되었다. 그리고 입상을 했기에 조회시간에 전교생들이 보는 TV에서 나와 동요를 부르기도 했다. 지금 생각해보면 모두가 알고 있는 학교 일진이 동요대회를 나갔다는 일화는 학교 선생님들에게도 굉장히 재미있는 사건이었을 것 같기도 하다. 사실 내가 동요대회에서 입상한 것보다 훨씬 더 기뻤던 건, 나를 믿어주고 지켜봐주신 한 선생님이 있었다는 것이다. 선생님은 내 집안 상황을 어느 정도 알고 계셨고 내 처지를 이해해 주셨으며 곁에서 보이는 선입견으로 판단하기보다 나와 선생님과의 일대일 관계 속에서 나를 봐주셨다. 그리고 지금까지도 초등학교를 졸업하기 전 어느 날 했던 선생님과의 약속이 기억에 남는다.

"재환아, 선생님은 네가 앞으로 친구들과 싸우지 않았으면 좋겠어. 선생님은 네가 느끼는 혼란을 다른 친구에게 푸는 건 앞으로 네 인생에도 좋지 않을 거라고 생각해. 앞으로는 다른 친구랑은 싸우지 말자. 선생님이랑 약속하는 거다? 새끼손가락 이리 줘 봐. 약속이야"

이렇게 선생님과 새끼손가락을 걸고 더 이상 싸우지 않겠다고 약속했다. 이후로 내가 몇 번 더 싸우기는 했지만 그때마다 선생님과의 약속이 생각나서 앞으로는 더 이상 싸우지 말아야겠다고 결심했다.

　누구나 인생을 살다보면 가족도 아니고, 친척도 아닌데, 그 순간만큼 가족보다도 더 고마운 존재를 만나기도 한다. 내가 사랑받을 만해서가 아니라 그저 아무 이유 없이 나를 사랑으로 대해주셨기에 선생님은 내 인생에서 항상 고마운 존재였다. 그 순간만은 10년이 훨씬 지난 지금도 내 기억 속에서 고스란히 남아 있다. 아마 내가 이 세상 소풍을 마치는 날까지 절대 잊지 못할 것이다.

　나뿐만 아니라 그대에게도 오랜 시간이 흐른다 해도 도저히 잊히지 않는 고마운 존재가 있을 것이다. 나는 그대의 인생 속에서 기회가 있을 때마다 그대가 그 시기를 왜 기억하고 있는지 자신에게 계속해서 물어봤으면 한다. 그때 그 시절 그대가 어떤 사람이었기에, 그 순간이 그토록 고마웠는지, 시간이 흐르면서 대부분의 기억은 머릿속에서 사라지지만 세월이 아무리 흐른다 해도 왜 그 순간만큼은 도저히 잊혀지지 않는지…. 아마 사랑은 그대에게 조금씩 그 대답을 들려주지 않을까.

고통
가운데
사랑을 배우다

사람은 무엇으로 사는가

《사람은 무엇으로 사는가》는 19세기 러시아 대문호인 '레프 니콜라 예비치 톨스토이(Lev Nikolayevich Tolstoy)'의 작품이다. 그 작품의 줄거리는 다음과 같다.

하나님은 천사를 이 땅으로 보내면서 한 아이 엄마의 영혼을 데려오라고 했다. 그리고 하나님은 천사에게 "네가 아이 엄마의 영혼을 데려오면, 세 가지 질문의 뜻을 알게 될 것"이라고 말했다. 세 가지 질문은 이것이었다. 첫째, 사람의 마음속에 무엇이 있는가? 둘째, 사람에게 주어지지 않은 것이 무엇인가? 셋째, 사람은 무엇으로 사는가? 천사는 알몸으로 이 땅에서 웅크리고 있던 자신을 대접하는 것을 보고, 사람의 마음속에는 하나님의 사랑이 있음을 깨달았다. 그리고 곧 죽을 신사가 구두를 주문하는 것을 보며, 사람은 자신에게 정말 필요한 것이 무엇인지 알지 못한다는 깨달았다. 그리고 엄마를 잃은 아이들을 사랑으로 키우는 한 부인을 보며, 사람은 사랑으로 산다는 것을 깨달았다.

톨스토이는 이 이야기를 통해 인생에서 가장 중요한 것은 무엇인지를 말하고자 했다. 내가 생각하기에 톨스토이는 사람은 모두가 자신에게 정말 필요한 것이 무엇인지를 알지 못하고 살아가지만, 그 가운데 사랑으로 이 세상은 움직이고 있다는 것을 말하고자 했던 것 같다. 톨스토이가 하나님과 천사 이야기를 통해 사람은 무엇으로 사는지 말하고자 했다면, 나는 내 인생이야기를 통해 사람은 무엇으로 사는지 한번 이야기해보려고 한다.

부모님께서 여수에서 경기도로 이사 오면서 화훼 일을 시작하셨다. 화훼란 꽃을 재배해서 파는 일이었다. 부모님께서 재배하는 꽃은 장미였다. 노란 장미, 분홍 장미, 하얀 장미, 빨간 장미, 나는 장미 색깔이 빨간색만 있는 줄 알았는데 생각보다 굉장히 많았다. 장미는 보기에 아름답고 향기도 좋았지만 재배하기는 결코 쉽지 않았다. 장미 가시 때문에 부모님의 온몸에는 긁힌 상처가 나기 일쑤였다. 부모님께서는 장미를 재배하기 위해 1,000평 이상의 땅을 임대받았다. 1,000평 이상의 땅에서 장미만을 키워서 파셨다. 그리고 우리 집은 비닐하우스 바로 옆의 하우스처럼 생긴 집이었다. 집은 굉장히 불에 타기 쉬운 재료로 지어졌지만 그래도 거실 2개, 방 4개, 화장실 2개, 주방 하나로 엄청 큰 집이었다. 그리고 우리 가족은 식구가 많았기 때문에 하우스 같은 집이지만 공간이 넓어서 굉장히 좋았다.

내가 중학교 2학년 때, 가족들이 모두 집에 있을 때였다. 나는 컴퓨터 게임을 하고 있었고, 누나들은 방안에서 서로 얘기를 하고 있었는데, 누나들이 갑자기 소리쳤다. "어, 어, 어, 불이야!" 갑작스런 외침에 우리 가족은 모두 깜짝 놀랐다. 집 뒤에서 원인을 알 수 없는 불이 난 것이었다. 그리고 '엄마'는 우리들을 향해 소리쳤다. "다 하는 거 그만두고, 밖으로 뛰쳐나와!" 그 소리에 우리들은 정신없이 신발도 제대로 신지 않고 뛰쳐나왔고 우리가 나온 지 얼마 후에 우리 집은 순식간에 불길에 휩싸였다. '엄마'는 정신없이 119에 전화하고, 우리들은 모두 집이 타는 것을 멍하니 지켜보았다. 집이 너무 타기 쉬운 재질로 지어져서 화재가 시작된 지 8분 만에 소방차가 와서 화재를 진압했는데도 남은 것 하나 없이 모두 잿더미로 변했다. 그나마 다행이라면 집 옆에 있는 장미 비닐하우스는 집과는 거리가 있었기에 조금만 그을린 것이었다. 불길은 다 잡혔지만, 순식간에 잿더미로 변해버린 집 앞에서 우리 식구는 모두 우두커니 서 있을 수밖에 없었다. 파란 하늘조차도 굉장히 누렇게 보였다.

그 순간 아빠는 잿더미로 조용히 걸어가셨고 잿더미 속에서 이리저리 무언가를 찾으려고 하셨다. 그리고 멍하니 서 있는 나를 부르셨다. "재환아." 그 자리로 내가 갔을 때, 아빠가 발견했던 건 타다가 남은 내 옛날 사진들이었다. 그리고 아빠는 우는 건지 웃는 건지 알 수 없는 표정으로 말씀하셨다. "그래도 재환이 네 사진은 남아있네." 아빠는 집이 모두 불에 탄 상황을 있는 그대로 받아들이면서도 타다 남은 내 사진으로 내게 무언가를 얘기해주려고 하셨다. 그때 아빠에게서 내가 살아오면서 한 번도 느껴보지 못한 묘한 느낌을 받았다. 사람에게는 먹을 것, 입을 것, 살 곳과 같은 눈에 보이는 것이 너무도 필요하지만 사람에게 정말 필요한 것은 눈에 보이는 것이 아니라 눈에 보이지 않는 것에 있다는 것을 절망적인 상황에서 가르쳐주시는 것 같았다.

그리고 그 날 있었던 일은 나에게 사람은 무엇으로 사는가를 다시 한 번 생각해보게 만들었다. 사람에게 눈에 보이는 것들이 굉장히 중

요하지만 눈에 보이는 것은 언제든지 한순간에 사라질지도 모른다는 것을 두 눈으로 직접 보게 되었다. 그리고 아빠를 통해 무엇을 위해 살아야 하는지도 어느 정도 짐작하게 되었다. 아빠는 내게 한순간에 사라질 것 가운데서 영원히 가슴 속에 간직해야 할 무언가가 있다는 것을 알려주셨다. 그것은 아빠가 고통스러운 인생을 통해 배운 희망이었고 사랑이었다. 그리고 아직까지도 그 순간을 생생하게 기억하는 것을 보면, 아빠의 메시지는 내 가슴 속에 깊이 남은 것 같다. 눈에 보이는 것이 사라진다 해도 사랑은 가슴에 남는다는 사실을….

그렇게 지금까지 살던 집, 가구, 살아온 추억의 공간마저 모두 불에 타버렸지만 부모님은 잿더미가 된 그 자리에 다시 새로운 집을 지었고 새로운 마음으로 살아보려고 애쓰셨다. 살다보면 그럴 수도 있다는 생각으로 잊어버리고 다시 마음을 다잡고 시작할 수 있는 일이기도 했다. 하지만 불행은 겹쳐온다고 했던가. 화재보다도 더 감당하기 어려운 일이 기다리고 있었다. 지금까지 믿어오던 이웃의 배신은 굳게 먹은 마음까지도 갈기갈기 찢어지게 만들었다. 흔히 시골 사람들은 몸은 힘들어도 이웃 간에 함께 정을 나누며 살아가기에 도시의 삶보다는 따뜻함을 느낄 수 있었다. 서로가 서로의 어려움을 잘 알기에, 함께 기대고 버티면서 사는 것은 도시에서는 도저히 느낄 수 없는 큰 기쁨이기도 했다. 그런데 그 기쁨이 절망으로 바뀌는 것은 도시의 삭막한 생활과는 비교도 안 될 정도로 소름끼쳤다. 우리 집과 옆집은 함께 저녁식사도 하고 가정 얘기도 나누면서 친하게 지내왔었다. 그런데 어느 날 옆집으

사랑이
그대를
부르는 순간

로부터 청천벽력 같은 소리를 듣게 되었다. 우리 가족에게 새로 지은 이 집에서 나가라는 것이었다.

그 당시에 화훼를 하는 사람들은 대부분 자신의 땅에 농사를 짓기보다 땅을 임대해서 농사를 하는 경우가 대다수였다. 그래서 대부분의 농사를 짓는 사람들은 농사짓는 땅을 계속 재임대할 것이라고 생각하고 있었다. 부모님께서도 당연히 앞으로도 계속 임대해서 농사를 지을 것이라 생각했기 때문에 임대한 땅에 빚을 내면서까지 투자를 하셨다. 기름 값이 점점 올라가면서 기름으로 따뜻한 바람을 내도록 하는 난방 방식은 점점 경제적으로 감당하기 어려웠기 때문이었다. 그래서 그 무렵에 도입되었던 난방 방식인 기름으로 물을 데워서 물을 흘려보내는 난방 방식으로 바꾸기 위해서 많은 돈을 투자하셨다. 여기에는 꽤 많은 비용이 필요했지만 앞으로 난방비를 계속해서 절감한다면 빚을 내더라도 장기적으로 큰 이득이기도 했다. 그래서 많은 돈을 들여서 난방 방식을 바꾸게 된 것이다.

그런데 우리 집이 그렇게 투자했다는 것을 안 옆집 아저씨가 우리 집 땅을 산 것이었다. 그리고 재임대하도록 하지 않고 우리 가족을 새로 지은 집에서 나가라고 했다. 지금은 어떨지는 잘 모르지만 그 당시 임대를 한 사람의 투자비용은 회수할 수 없었다. 움직일 수 없는 부동산은 땅주인에게 속했기 때문이다. 그래서 우리 집은 투자비용을 전혀 받지 못한 채 많은 빚을 지고 쫓겨나게 되었다. 사이좋게 지내온 이웃에게 한순간에 배신을 당하게 된 것이다. 그리고 부모님은 직업마저 잃게 되었다. 하지만 그보다도 더 힘든 것은 앞으로 부모님과 5명의 자녀가 먹고 살아갈 길이 막히게 되었다는 사실이었다. 이 시기가 우리 집이 경제적으로 가장 어려운 시기였다. 그리고 나는 이 시기를 통해 한 가지 사실을 뼈저리게 배우게 되었다. 아무리 가까운 사람이라도 사람은 절대로 믿을 수 있는 존재가 아니라는 것을….

살다 보면 믿고 의지해왔던 사람에게 배신을 당하는 경우가 있다. 그 때 우리는 배신을 한 사람을 원망한다. 하지만 속으로는 배신한 사람을 향한 원망보다도 세상을 향한, 하늘을 향한 원망을 하게 된다. "세상에 믿을 놈 하나 없다", "하늘도 무심하시지…"라는 말이 딱 들어맞을 때가 바로 그 순간이다. 그리고 그 시기는 무어라 말로 표현할 수 없을 만큼 화가 나고 치가 떨린다. 이런 고통스런 순간에도 과연 사람은 사랑으로 산다고 말할 수 있을까. 내가 그 순간을 지나오면서 분명히 배운 사실은 사람은 사랑 없이 산다는 건, 살아도 진짜 사는 것이 아니라는 것이다.

나뿐만 아니라 우리 가족 모두가 고통스러웠고 하늘에도 무척 원망을 많이 했던 순간이지만 분명 그 시기는 두 가정이었던 우리를 한 가정으로 묶어주고 그 가정이 견고해지는 시간이기도 했다. 너무나도 감당하기 어려웠던 시기라 가족이 서로 하나가 되어야만 버텨낼 수 있었기에 우리는 그 순간을 통해 하나로 똘똘 뭉칠 수밖에 없었다. 지금 생각해보면 이 시기는 우리 가족들이 무엇으로도 살 수 없는 가족이라는 울타리를 갖게 된 시간이었다. 그리고 한 가지 더 배운 것은 모든 것이 사라지는 순간, 가장 귀중한 것을 위해 한순간에 사라져버릴 것에 큰 미련을 두지 않는 것은 결코 어리석지 않다는 것이다. 삶에서 가장 귀한 것은 한순간에 사라질 것이 아니라 절대로 사라지지 않을 것에 있다는 것을 배웠다. 물론 그때로 돌아가라고 한다면 절대로 돌아가고 싶지 않다. 하지만 분명한 건 그 순간도 사랑은 나에게 그리고 우리 가족에게 조금씩 말하고 있었다는 것이다. 눈에 보이지는 않지만, 가치 있는 그 무언가가 있다는 사실을….

나는 그대에게 묻고 싶다. "그대는 무엇으로 사는가?" 그대가 한순간에 사라질 것을 위해 살고 있다면 나는 그대에게 말하고 싶다. "사람은 사랑으로 삽니다."

사랑은 모든 것을 견딥니다

전 역사를 통틀어 가장 정의定義를 내리기 어렵지만, 가장 많은 사람들이 정의定義를 내리고자 했던 단어가 무엇인지 묻는다면, 그대는 어떤 단어가 가장 먼저 떠오르는가. 아마 여러 가지 단어를 떠올릴 수 있을 것이다. 그대가 좀 더 공정한 삶을 지향하는 사람이라면 가장 먼저 '정의正義'를 떠올릴 것이다. 그대가 지금보다도 미래를 더 바라보는 사람이라면 '희망'을 떠올릴 것이다. 그대가 좀 더 즐거운 삶을 지향하는 사람이라면 '행복'을 떠올릴 것이다. 각각 상황에 따라 자신이 가장 중요하게 여기는 단어를 떠올릴 것이다. 모두에게 떠오르는 많은 단어가 있겠지만 나는 가장 많은 사람들이 떠올렸을 단어가 '사랑'이라고 생각한다. 전 역사에 걸쳐서 사람들이 가장 바라고, 추구했던 것은 '사랑'이었다. 사랑 때문에 전쟁이 일어나기도 했고 '사랑' 때문에 한 나라가 사라지기도 했으며 '사랑' 때문에 지금까지 역사가 존재하기도 했고 지금 나와 그대가 살아있는 것도 '사랑' 때문이다. 이렇게 모든 사람들이 살아가면서 가장 이해하기 어려우면서도, 가슴 속 깊은 곳에서부터 간절히 원하는 것은 '사랑'이었다. '사랑'에는 많은 정의定義가 있겠지만, 나는 많은 인문학자들이 '사랑'에 관해 가장 정의定義를 잘 내렸다고 하

사랑이
그대를
부르는 순간

는 내용을 그대와 함께 보고자 한다.

사랑은 오래 참고, 친절합니다. 사랑은 시기하지 않으며, 뽐내지 않으며, 교만하지 않습니다. 사랑은 무례하지 않으며, 자기의 이익을 구하지 않으며, 성을 내지 않으며, 원한을 품지 않습니다. 사랑은 불의를 기뻐하지 않으며 진리와 함께 기뻐합니다. 사랑은 모든 것을 덮어 주며, 모든 것을 믿으며, 모든 것을 바라며, 모든 것을 견딥니다. (고린도 전서 13장 4~7절)

내 인생에서 이 '사랑'에 관한 정의定義가 가장 와 닿았던 순간이 있었다. 대학교 2학년 때였다. 나는 그 시기에 IVF라는 기독교 동아리를 하고 있었고, 그 동아리에는 내가 정말 좋아했던 여자가 있었다. 그녀의 이름은 공교롭게도 '사랑'이었다. 지켜볼수록 그녀는 너무나도 사랑스러웠다. 독특한 웃음소리도, 시골소녀처럼 환하게 웃는 미소도, 털털한 걸음걸이마저 사랑스러웠다. 그녀의 이름을 부르는 것도 굉장히 떨렸다. "사랑아, 사랑아." 이름을 부르는 것만으로도 가슴 속에 있는 내 마음을 고백하는 것 같았기 때문이다. 내가 좋아하는 대상에게 이름으로나마 내 마음을 고백하는 건 굉장히 부끄러우면서도 하늘에 떠 있는 느낌이었다. 사랑이는 나보다 두 살 어렸지만 같은 동아리 동기였기 때문에 점점 사이가 가까워지기 시작했다. 동기들과 같이 공원에 가거나 영화를 보기도 하고 맛있는 것을 먹으러 다니기도 했다. 나와 그녀만 있는 시간은 아니었지만, 그래도 그 순간이 너무나도 행복했다. 지켜보기만 해도 아름다운 그녀와 같이 무언가를 한다는 것은 내게 이루 말할 수 없는 기쁨이었다. 그녀와 가까워질수록 점점 커져가는 마음을 주체하기가 힘들었다. 그러던 중에 전혀 뜻하지 않게 그녀에게 고백하는 순간이 찾아왔다.

눈이 내리는 겨울이었다. 도서관에서 같이 공부하자고 기숙사에 사는 사랑이를 불렀다. 그리고 내 얘기에 흔쾌히 와준 사랑이와 함께 도서관에서 공부하게 되었다. 서로 책을 읽고 같이 점심을 먹은 후였다. 사랑이가 대뜸 나에게 물어보았다.

"오빠, 오빠는 관심 있는 여자 있어?"

너무나도 갑작스러운 질문에 나는 얼굴이 빨개졌다.

"어? 갑자기 왜?"

"그냥. 혹시 오빠가 관심 있는 여자가 있나 궁금해서."

나는 관심 있는 여자가 바로 사랑이 너라고 말할지 말지 고민했다. 관심 있는 여자가 없다고 하면 내가 좋아하는 마음을 솔직하게 표현하지 못하는 것 같았고, 관심 있는 여자가 있다고 하면 그 여자가 누구인지 캐묻다가 내 마음을 들킬 것 같았다. 나는 조심스럽게 말을 꺼냈다. "관심 있는 여자가 있는데… 그게 바로 사랑이 너야." 사랑이는 그냥 나와 가볍게 얘기하려고 했는데, 갑자기 내게서 진지한 고백을 듣게 되어서 깜짝 놀란 것 같았다. 그리고 사랑이는 말을 꺼냈다. "오빠, 나는 좋아하는 사람이 있어. 미안해." "어, 알겠어…." 나는 대답은 했지만 갑자기 불쑥 고백을 해서 당황해서 그런지 아니면 사랑이가 정말 좋아하는 사람이 있는지 알 수는 없었다.

그 얘기를 마치고 사랑이는 친구와 연극 약속이 있어서 나가고 나는 도서관에 앉아서 곰곰이 생각했다. 나는 내가 좋아한다는 사실을 얘기해서 속이 한결 편했기도 했지만 분위기를 잡고 고백하지 못한 것 같아서 아쉬웠고 그래서 사랑이가 내 마음을 받아주지 않은 것 같아서 힘들었다. 그리고 사랑이가 내가 정말 싫어서 그런 건지 아니면 정말 따로 좋아하는 사람이 있는 건지 알 수가 없어서 답답했다. 지금 생각해보면 조금 바보 같기도 하지만 나는 그 대답을 듣고 싶어서 그 날 저녁 사랑이가 연극을 마치고 언제 돌아올지도 모르면서 기숙사로 돌아오는 길목에서 기다렸다. 11시 20분쯤 되었을까. 눈을 맞으며 사랑이가 올라오고 있었다. 나는 사랑이를 붙잡고 얘기했다.

"나는 아까 네가 말한 대답의 의미를 잘 몰라. 네가 정말 좋아하는 사람이 있는지 아니면 내가 갑자기 얘기해서 부담스러워서 그런 대답을 했는지…. 하지만 이것만은 확실하게 얘기할 수 있어. 나는 너를 정말 좋아해."

하지만 사랑이는 지금 사귀지는 않지만 정말 좋아하는 사람이 있다고 했고, 그래서 내 마음을 받아줄 수 없다고 말했다.

그렇지만 사랑이를 좋아하는 마음을 쉽게 접기란 거의 불가능에 가까웠다. 열 번 찍어 안 넘어가는 나무 없다는 말로 스스로를 위로하면서 2년이 넘는 시간 동안 사랑이에게 다가갔지만 다가가면 다가갈수록 점점 사랑이와의 관계는 어려워졌다. 마지막으로 좋아한다고 말했을 때 사랑이는 나에게 이렇게 얘기했다.

"오빠가 나를 좋아하는 마음이 있는 건 알겠는데, 오빠는 내 얘기를 잘 듣고 나를 이해해주지 않는 것 같아. 나는 내가 정말 좋아하는 사람이 있다고 얘기했잖아. 오빠가 나를 정말 사랑한다면 내 마음을 조금이라도 이해해줬으면 좋겠어."

그 얘기를 듣고 나서 나는 진정한 '사랑'이 무엇인지 고민해보게 되었다. 그리고 많은 연애 책들을 읽었고, '사랑'이 무엇인지 고민했었던 많은 사람들의 책을 읽었다. 그리고 그 가운데 대부분의 인문학자들이 '사랑'에 관해서 가장 잘 설명했다고 하는 '사랑'의 정의定義가 눈에 들어오게 되었다.

사랑은 오래 참고, 친절합니다. 사랑은 시기하지 않으며, 뽐내지 않으며, 교만하지 않습니다. 사랑은 무례하지 않으며, 자기의 이익을 구하지 않으며, 성을 내지 않으며, 원한을 품지 않습니다. 사랑은 불의를 기뻐하지 않으며 진리와 함께 기뻐합니다. 사랑은 모든 것을 덮어 주며, 모든 것을 믿으며, 모든 것을 바라며, 모든 것을 견딥니다. (고린도 전서 13장 4~7절)

나는 오래 참으면서 친절하게 다가갔다고 생각했지만 오히려 그녀에게 무례했었고 사실 내 이익만을 더 구했었다. 그리고 사랑한다고 했었던 나에게는 진정한 사랑의 실체인 진리라는 것이 없었다. 나는 그녀를 사랑한다고 했지만 그녀의 마음을 이해하지 못했고 내 마음 깊은 곳에서는 내 마음을 받아주지 않은 그녀를 향한 원망도 있었다. 그리고 조금씩 깨닫게 되었다. '나는 사랑을 한 게 아니라, 집착을 한 것이구나.' 그렇게 혼자 집착하면서 내가 사랑한다고 하는 것은 진짜 사랑이 아니었다는 것을 보게 되었다. 사랑은 서로 함께하는 것이었고, 함께 하지 않는 건 사랑보다는 집착에 가까웠다. 그리고 나에게 조심스럽게 질문하기 시작했다. '나는 이런 사랑을 해본 적이 있나? 내가 이런 사랑을 해본 적이 없다면, 혹시 내 인생에서 나에게 이런 사랑을 베푼 사람이 있었나?'

내 인생을 돌아봤을 때 나에게 가장 먼저 떠오른 사람은 바로 나를 낳아주신 엄마였다. 보이지도 않는 나를 낳기 위해서 엄마는 생명을 걸었다. 엄마는 나를 낳기 위해 오랜 시간을 참아야 했고 나를 낳고서도 암 투병으로 모진 고통의 시기를 겪으셔야만 했다. 그 누가 알아주지 않아도 그저 엄마는 나를 사랑했다. 내가 먼저 엄마를 사랑한다고 하지 않았고 내가 특별히 사랑을 받을 만한 이유를 가지고 태어난 것도 아닌데, 엄마는 내가 그저 엄마의 아이란 이유로 나를 위해 자신의 생명을 담보로 내놓으셨다. 엄마는 나 때문에 죽기 위해 태어난 존재 같았다. 마치 이 땅에 죽으러 왔던 예수 그리스도처럼 엄마는 나를 위해 죽으러 이 땅에 온 것과도 같았다. 그리고 심지어 내 기억에서조차 전혀 없는 존재이지만 이런 나를 위해 엄마는 자신의 생명을 던지셨다. 나는 엄마에게서 진짜 사랑을 받은 것이었다. 물론 엄마만 진짜 사랑을 한 것이 아니라 꽤 많은 분들이 나를 진짜로 사랑해 주셨다.

내가 2년 이상 좋아하는 그녀를 이제 마음에서조차 떠나보내야 했던 시간은 너무나도 고통스러운 시간이었다. 사는 게 사는 게 아닌 것 같았다. 엄마가 이 세상 가운데 홀로 나를 남겨두고 떠나야 했던 시간은 너무나도 고통스러웠을 것이다. 아마 편히 두 눈을 감기도 어려웠을 것이다. 그렇게 내가 좋아하는 그녀를 고통스럽게 마음에서 떠나보내면서 나는 꼭 인생에서 배워야 할 사랑의 가치를 알게 되었다. 내게 느껴지는 고통으로 지금 너무나도 아프지만 나를 사랑해준 누군가도 이런 고통을 견디며 내게 사랑을 베풀어 주었기에 지금의 나도 있다는 것을 알게 되었다. 도저히 나로서는 고통을 도저히 견딜 수 없다 해도, 사랑은 모든 것을 견딘다는 교훈을 힘들게 배우게 되었다.

이 글을 읽고 있는 그대가 누군가를 떠나보내야 하는 힘든 순간을 살아가고 있다면 나는 조심스럽게 이 얘기를 꺼내고 싶다. "아무리 힘든 순간일지라도, 사랑은 모든 것을 믿고, 모든 것을 바라며, 모든 것을 견딥니다." 그리고 이 글을 쓰고 있는 내게도 조용히 말해주고 싶다. "재환아, 사랑은 모든 것을 견딘대."

극심한 고통의 순간,
그곳에서 사랑을 느끼다

2012년 12월 5일. 이 날은 나에게 특별한 날이었다. 간암으로 간을 잘라내는 수술을 했던 날이기 때문이다. 그리고 이 수술은 태어나 처음으로 해보는 큰 수술이었다. 내가 하는 수술은 전신마취를 하고 약 8~10시간 정도 걸리는 수술이었다. 그래서 나는 하루 전부터 수술을 하기 위해 준비를 해야 했다. 전신마취를 하게 되면 몸에 긴장이 모두 풀리면서 몸 안에 있는 배설물들이 모두 밖으로 나오기 때문에 속을 깨끗이 다 비워야 했다. 그래서 하루 동안 금식을 하고 이미 먹어서 소화되고 남아있는 것마저 다 비워내는 관장도 해야 했다. 그리고 이제 곧 수술실에 들어가는 순간이었다. 태어나 처음으로 해보는 큰 수술이라 굉장히 떨렸지만, 수술실이 가까워질수록 잡다한 마음을 비우며 수술하는 의사 선생님들을 믿기로 하고 서서히 몸에 긴장을 풀기 시작했다. 그리고 서서히 마취가스가 내 몸 안으로 들어가기 시작했다.

마취를 해서 그런지 수술을 어떻게 했는지에 대한 기억은 전혀 없었다. 그리고 아주 조금씩 마취가 풀리면서 내 의식이 돌아오기 시작했다. '이제 깨어났구나'라는 의식보다도 고통을 먼저 느꼈던 것 같다. 분명 가만히 누워 있다가 나왔는데, 내 몸은 엄청난 고통을 느끼기 시작했다. 마취가 조금씩 풀리면서 나는 내 몸에 일어난 엄청난 변화를 조금씩 받아들여야만 했다. 온몸에서 느껴지는 고통으로 손마저 떨리고 있었다. 누워있는 자리 옆에 고통스러울 때마다 5분의 간격을 두고 누를 수 있는 무통주사가 있었지만, 내가 느끼기에는 무통주사라기보다 통증을 더 느끼도록 하는 것 같았다. 계속 무통주사를 눌렀지만 5분이라는 시간이 너무나도 길었다.

너무 고통스럽다고 소리를 지르자 부모님은 간호사를 부르셨다. 나는 간호사를 붙잡고 제발 더 마취를 해달라고 고통을 호소하며 애원했다. 하지만 간호사는 이미 상당히 많은 양의 마취를 했기 때문에 더 마취했다가는 오히려 생명이 위험할 수도 있어서 지금은 힘들겠지만 버텨보라고 하셨다. 나는 마취를 해주지 않는 간호사가 원망스러웠고 괜히 수술을 했다는 뒤늦은 후회를 하기도 했다. 하루 종일 수술을 받았기 때문에 몸은 피로에 찌들어 있었다. 몸이 피곤하기도 하고 애써 고통을 잊어보려고 잠을 청했지만 너무 고통스러워서 도저히 잠을 잘 수 없었다. 그리고 고통을 가까스로 무시하고 잠깐 잠에 들어도 느껴지는 통증 때문에 10분도 지나지 않아서 깨어나기 일쑤였다.

그런데 너무나도 고통스러웠던 그 순간 문득 나를 낳아주신 엄마도 나와 같은 고통을 느끼셨다는 생각이 머리를 스쳐갔다. 나를 낳으신 후 비장에 생긴 암 때문에 배에 칼을 대고 비장을 잘라내셨을 엄마의 모습을 상상해보았다. 나를 낳은 지 얼마 지나지 않고 몸을 추스르기도 전에 수술을 받아야만 했던 엄마는 나보다 훨씬 고통스러웠을 것 같았다. 그리고 지금의 내 모습을 다시 돌아보기 시작했다. 나는 괜히 수술을 했다는 생각으로 수술을 했던 의사, 마취를 해주지 않는 간호사를 원망하고 있었다.

사실 나는 지금 고통스러운 시간을 누구에게도 원망할 수 있는 사람이 아니었다. 심지어 내가 엄마에게서 B형 간염을 받고 태어났지만 나는 엄마를 원망할 수조차 없었다. 왜냐하면 엄마는 나를 낳으시기 위해서 자신의 목숨마저 담보로 해야만 했기 때문이었다. 나는 태어나지도 않을 수도 있었는데 태어나게 되었고, 이미 죽었어도 이상하지 않은 존재인데 지금까지 살게 되었다. 이 세상을 보지도 못했을 사람이 이 세상을 25년이나 더 보게 되었는데, 무엇을 그리고 누구를 원망한단 말인가.

이런 생각을 한 이후로 나는 통증이 느껴질 때마다 너무나도 괴롭지만 오히려 감사하기 시작했다. 25년 전에 죽었을지도 모르는 나를 낳아주셔서, 태어나게 해주신 것도 모자라 지금까지 나를 자라게 해주셔서, 그리고 지금 비록 너무나도 고통스럽지만 이 고통마저 내가 살아있기에 느끼는 통증이라는 것을 깨닫게 되면서 지금 이 시간이 너무나도 감사했다.

누군가 내 인생에서 가장 행복한 순간이 언제였냐고 묻는다면 나는 주저하지 않고 가장 고통스러웠던 이 순간을 꼽을 것이다. 어떤 사람들은 나를 보고 미쳤다고 할지도 모른다. 어떻게 가장 고통스러웠던 순간이 가장 행복한 순간이 될 수 있냐고. 하지만 나는 자신 있게 내 인생에서 가장 행복한 순간이 바로 가장 고통스러웠던 순간이라고 말

할 수 있다. 왜냐하면 이 순간이야말로 내가 태어난 자리를 보게 된 순간이었고, 내가 얼마나 보잘 것 없는 존재인지를 알게 되었으며, 정말 아무것도 아닌 내가 지금까지 받은 사랑이 얼마나 값진 사랑인지를 절절히 깨닫게 되는 순간이었기 때문이다. 그리고 이 시간은 자신의 생명을 걸고 낳을 만한 이유가 없었던 나에게 엄마가 베풀어주신 엄청난 사랑이 내 삶 속에서 단번에 깨달아지는 순간이기도 했다. 엄마가 겪은 고통을 나 또한 느끼면서 나는 고통 가운데 자신의 생명을 던진 엄마의 사랑을 배웠다. 이렇게 내 삶의 가장 고통스러웠던 이 순간이 바로 내가 인생에서 받은 사랑이 얼마나 큰지 직접 경험하면서 배우게 된 순간이었다.

나는 그대에게 묻고 싶다. 그대가 인생에서 가장 고통스러웠던 순간은 언제였는지, 가장 행복한 순간은 언제였는지. 물론 나는 그대에게 내 경험을 토대로 그대가 가장 고통스러웠던 순간이 가장 행복한 순간이 될 것이라고 말할 수 있는 사람은 아니다. 내가 그대의 무거운 고통의 자리를 모두 이해할 수 있는 사람이 아닐뿐더러, 그대의 고통의 무게를 가벼이 여길 수 있을 만한 사람은 더더욱 아니기 때문이다.

하지만 한 가지는 분명히 말할 수 있다. 그대가 보잘 것 없는 자신의 태어난 자리를 보게 되는 순간, 그리고 아무것도 아닌 존재인지 바로 알게 되는 순간, 또 지금까지 받은 사랑이 얼마나 값진 것인지 알게 되는 순간, 바로 그 순간이 그대의 인생에서 가장 행복한 순간일 것이라고…. 그러한 사랑이 그대를 부르는 순간을 경험하는 축복이 있기를 간절히 바란다.

여전히 고통은 너무나도 괴롭다

간을 잘라내는 큰 수술이 잘 끝나고, 내 삶은 정상적으로 돌아오는 듯했다. 4학년 2학기 마지막 시험을 보지는 못했지만 학기를 거의 마쳤기 때문에 나는 대학교를 졸업할 수 있었고, 대학원도 미리 시험과 면접을 보았기 때문에 입학할 수 있게 되었다. 하지만 내 몸 상태가 정상이 아니었기 때문에 바로 대학원을 다닐 수는 없었다. 그래서 1년을 쉬었고 그동안 나는 내 몸 상태를 관리하면서 삶의 고통의 문제를 다루는 책을 읽는 시간을 가졌다. 자신의 아들을 잃었던 저자의 이야기, 자신의 삶이 극심한 고통의 시간을 겪었던 사람들의 이야기, 사랑하는 사람에게 죽음의 그림자가 드리워지는 것을 옆에서 지켜보는 사람들의 이야기…. 이렇게 삶의 고통의 문제는 너무나도 다루기 어려운 것이 많았고 그 고통의 대부분 하나밖에 없는 사람의 생명과 직접적으로 연결되어 있었다. 그러던 중에 나도 견디기 힘든 고통을 조금 더 직접적으로 대면하는 시간을 가지게 되었다.

한 번 암에 걸린 환자는 아무리 수술이 성공적으로 끝났다고 해도 암이 전혀 몸에 발견되지 않는다고 해도 정상인이라 할 수 없었다. 왜

냐하면 혈액을 통해서 언제 암이 재발할지, 어디로 암이 전이가 될지 전혀 예상할 수 없기 때문이다. 그래서 한 번 암이 발생한 환자는 국가에서도 5년이란 기간까지 암환자로 등록해놓았다. 그리고 병원에서도 주기적으로 검사를 받으면서 몸 상태가 어떤지 경과를 지켜보았다. 간 절제 수술을 한 지 8개월 정도가 지난 어느 날 갑작스럽게 의사선생님이 간암이 폐로 전이가 되었다고 하셨다. 3개월마다 한 번씩 검사하는 CT(컴퓨터 단층 촬영)검사와 PET(양전자 단층 촬영)검사에서 폐에 암이 여러 개가 보인다고 말씀하신 것이다. 그리고 아빠를 조용히 불러서 말씀하셨다. "나이가 어리기 때문에 암 진행속도가 빨라 항암약을 복용하지 않는다면 3개월도 살기 힘들 것 같습니다…" 이 얘기도 아빠가 2주의 시간이 흐르고 말씀해 주신 것이었다. 나는 그동안 서울아산병원의 소화기내과에 가고 있었는데 이제 같은 병원의 종양내과로 옮기게 되었다.

서울에서도 큰 병원의 소화기내과도 절대 아무나 오는 건 아니겠지만 종양내과는 소화기내과와는 비교할 수 없을 정도로 공기가 무거웠다. 환자나 보호자들은 애써 웃으려 했지만 웃음 뒤에 감출 수 없는 어두운 그림자가 있었다. 그래서 나에겐 웃는 게 오히려 우는 것처럼 보였다. 아마 나와 부모님을 보는 사람들도 그랬을 것 같다. 의사선생님께서 말씀하셨다.

"간암이 폐로 전이되었기 때문에 간암 4기인 상태입니다. 그리고 현재 폐에 암이 6개 있기 때문에 더 이상의 외과적인 수술은 불가능하고, 항암주사요법도 내게는 소용이 없기에 항암 화학요법인 항암약(넥사바)을 복용하는 방법 밖에 다른 방법이 없습니다."

그리고 항암약 부작용에 관한 긴 설명과 항암치료를 받는 환자가 먹는 식단, 여러 가지 주의사항을 듣게 되었다.

이제는 정상인으로 살 수 있을 줄 알았는데 갑자기 듣게 된 소식은 이전보다도 훨씬 심각한 간암 4기라는 것이었다. 의사선생님께서는 환자에게 염려가 될 만한 사실을 구체적으로 얘기해주지 않았기 때문에, 나는 내 현재 상태를 더 자세하게 알아보고자 여러 가지 통로를 통해서 알아보기 시작했다. 2011년 보건복지부와 국가 암 등록 센터가 암 환자들을 대상으로 5년 생존율을 알아보았을 때, 간암 1기 50%, 간암 2기 40%, 간암 3기 25%, 간암 4기 5%였다. 내가 객관적으로 5년을 생존할 수 있을 가능성은 5%였다. 나는 이런 내 현재 상황을 받아들이고 마음을 다 잡은 후 항암약을 복용하기 시작했다.

내가 암이라는 것을 받아들이는 시간이 힘들었지만 부모님께서도 내가 암이라는 이야기를 받아들이는 순간은 엄청난 충격이었던 것 같다. 내가 암이었다는 소식, 암이 재발했다는 소식을 접했을 때, 아빠의 얼굴은 눈에 띄게 수척해졌다. '사람 얼굴이 갑자기 저렇게 될 수 있구나'라는 생각이 드는 순간이었다. 어머니와 아내를 암으로 하늘로 보내고 이제는 아들마저 암으로 이 세상을 떠나보내야 한다는 생각 때문인지 아빠의 얼굴에는 너무나도 짙고 어두운 그림자가 드리워졌다. 나는 아빠의 지난날이 어떠했는지 다시 생각해보게 되었다. 그 순간은 분명히 아빠에게 지난날의 악몽이 떠오르는 시간이었다. 나 역시 암이 전이됐다는 사실을 받아들이는 것도 쉽지는 않았지만 아빠가 너무도 힘들어보여서 한 번 살아보기 위해서 열심히 항암치료를 견뎌보기로 마음을 먹기도 했다.

항암약(넥사바)은 무취, 무맛의 분홍색의 알약이었다. 아침과 저녁 식전 1시간에 두 알씩 먹으면 되었다. 내가 TV를 통해 보고 들어왔던 항암치료와는 많이 달라서 생각보다 가벼운 마음으로 알약을 먹었지만 나는 점점 이 분홍색 알약을 먹는 것을 두려워하게 되었다. 확실히 항암약은 단순한 약이 아니었다. 암세포를 죽이기 위해 건강한 세포까지도 죽이는 과정은 온몸의 면역체계를 무너뜨리기 시작했다. 그리고 내 몸은 지금까지 겪어보지 못한 여러 가지 반응을 보이기 시작했다. 머리카락은 점점 빠지기 시작했고 손과 발에 물집이 생기기 시작했으며 온몸에 피부변화가 나타나기 시작했다. 머리만 감으면 세면대에 빠진 머리카락이 한 줌이라 머리카락을 아주 짧게 자르게 되었고 손과 발에는 물집에 계속 생겨서 수시로 연고를 발랐다. 그중에서도 가장 참기 어려운 것은 온몸에 나타나는 피부발진이었다. 온몸이 가려웠지만 긁으면 더 심각해져서 온몸을 때려야만 했다. 그리고 너무 가려웠기 때문에 도저히 잠을 잘 수 없었다. 고통으로 인해 항암약을 먹기가 너무도 두려웠다. 너무 부작용이 심해서 잠시 항암약 투여를 중단하고 1주 정도 쉬다가 다시 먹게 되었는데 약을 먹으려고 하는 손이 떨리기 시작했다. 그래도 암과 싸우고자 다시 먹기 시작했다.

항암약의 부작용은 한 가지만이 아니었다. 서서히 피부발진이 사라지는가 싶더니 이제는 장이 뒤틀리는 고통과 함께 설사를 하기 시작했다. 음식은 애써 먹을 수는 있었지만 내보내는 것은 그리 쉽지 않았다. 하루에도 최소 20번 이상 화장실에 가야만 했기 때문에 내 몸은 급격히 야위기 시작했다. 장이 뒤틀리는 고통으로 잠도 제대로 잘 수 없었다. 결국 68kg이었던 몸무게가 8개월 만에 55kg까지 내려가게 되었다. 하지만 더 절망적인 사실은 계속 피검사를 할수록 간암수치를 측정하는 AFP(알파태아단백)수치는 점점 올라갔고 CT, MRI와 PET검사에서도 암은 점점 커졌다는 것이었다.

몸이 느끼는 고통뿐만 아니라 정신적인 고통도 견디기 어려웠다. 먹는 것, 싸는 것, 자는 것과 같은 일상생활이 수월하지 않았기에 점점 사람들과 만나기가 꺼려졌고, 사람들을 마주치기 싫어 밖에 나가지 않고 집에서만 시간을 보내다 보니 우울한 마음도 점점 커져갔다. 그리고 나를 만나는 모든 사람들도 내게 희망을 주고 싶지만, 고통스러운 삶으로 인해 자연스럽게 나타나는 힘겨운 내 얼굴을 보면서 어찌할 수 없을 때, 내 얼굴은 더욱 어두워지기 시작했다. 찾아오는 모든 사람들

이 할 수 있는 최선의 것은 돈을 주는 것이었다. 찾아오시고 정성스레 주신 돈에 대한 고마운 마음은 가득했지만 생명이 필요한 자에게 돈으로 해줄 수 있는 것은 그리 많지 않았다. 그리고 가장 고통스러운 건 내가 정상인이 아니라는 것을 내 스스로 받아들여야 한다는 것이었다. 나는 정상인이길 원했고 지금까지 정상인으로 살아왔지만 주변에서 볼 때에는 나는 더 이상 정상인이 아니었다. 마치 이제는 내가 평범한 사람들과는 다른 어떤 존재 같았다. 또한 내가 스스로 나는 아직 정상인이라고 여기며 사는 순간에도, 주변 사람들을 통해 내가 정상인이 아니라는 사실을 재확인하는 것은 굉장히 고통스러웠다.

  항암 치료를 받으면서 나는 실제적으로 알게 되었다. 삶의 고통의 무게는 절대로 가볍지 않다는 것이다. 그리고 내가 항암치료로 겪은 고통이 짧은 8개월의 시간의 고통이었지만 일평생을 고통을 받으면서 사는 사람도 있을 것이다. 사람마다 고통을 겪는 과정이 다르고 각자 겪는 고통의 무게가 서로 다르기에 삶의 고통의 무게를 가볍게 여길 수 없다는 것을 알게 되었다. 그리고 나는 그대에게 고통의 순간이 곧 사랑이 그대를 부르는 순간이라고 말할 수 없다는 것을 잘 안다.

  하지만 나는 그 아픈 고통 가운데서 한 가지를 발견하게 되었다. 이 고통이 없었다면 내가 지금까지 받아온 사랑이 얼마나 큰 것인지를 진지하게 생각해볼 수 없었을 것이다. 그리고 내가 얼마나 큰 사랑을 받았는지 다 알지 못했을 것이다. 나는 지금까지 내게 주어진 삶이 당연하다고 여기며 살았던 사람이었기 때문이다. 그런 내가 주어진 삶이 당연한 것이 아니라 오히려 당연하지 않다는 것을 고통 가운데 온몸으로 느끼게 되었다. 고통은 너무나도 괴롭지만, 그 힘겨움에서도 사랑을 배울 수 있다면, 그대의 삶이 아무리 고통스럽다고 할지라도 결코 힘들지만은 않으리라 생각한다. 절대로 가볍다고 할 수 없는 고통의 자리에서도 지금까지 받은 사랑이 얼마나 큰지를 생각해보는 순간이 그대에게도 있기를….

아버지를 향하여

가시고기는 꽤 슬픈 사연을 가진 물고기였다. 대부분의 동물들이 모성애를 가지고 있는데 반해서, 신기하게도 가시고기는 짝짓기를 한 후 엄마 가시고기는 알을 낳고 떠나고, 아빠 가시고기는 홀로 남아서 알들을 돌보는 물고기였다. 그리고 아빠 가시고기는 알들을 먹으려고 달려드는 물고기와도 목숨을 걸고 싸우는 일도 마다하지 않았다. 그리고 알들이 깨어나고, 새끼 물고기가 자라게 되어서 각자 제 길을 찾아 떠나가면, 그제야 돌 틈에 머리를 박고 죽는 것이 아빠 가시고기였다.

중학생 때쯤, 조창인이 쓴《가시고기》라는 소설을 읽고 많이 울었던 기억이 있다. 아마 내 인생 이야기와 비슷하게 느껴져서 그랬는지도 모른다. 나를 낳아준 엄마가 먼저 하늘로 떠나가고 덩그러니 남겨진 알과 같은 처지인 나를 아빠가 계속해서 돌보는 것이 왠지 가시고기 이야기인 것 같아서 많이 울었다. 그래서 내 마음 속에는 아빠마저 내 곁을 떠나서 하늘로 가는 일은 절대로 일어나서는 안 된다는 불안한 마음이 항상 있었던 것 같다. 위의 가시고기의 삶과 유사한 이야기를 엮어 소설로 만든 것이 조창인의《가시고기》였다. 그 책의 대략적인 줄

거리는 이러했다.

　이 책의 주인공은 어린 아이인 다움이었다. 다움이 엄마는 다움이가 6살 때, 그림 공부를 한다고 프랑스로 떠나가고, 10살 때 백혈병에 걸린 아이 다움이의 곁을 다움이 아빠 혼자 돌보고 있었다. 이런 다움이의 오랜 병원 생활로 인해 치료비가 많이 밀려 아빠는 무척 힘들었고, 다움이 또한 그런 아빠에게 굉장히 미안한 마음을 가지고 있었다. 그래서 다움이는 아빠에게 퇴원을 하자고 얘기한 후, 아빠와 함께 공기가 좋은 시골인 사락골로 가게 되었다. 사락골에 간 다움이는 산 속에 있는 몸에 좋은 것들을 많이 먹었다. 그 덕분인지 겉으로 다움이의 상태가 좋아지는 거 같았다. 하지만 병원을 떠난 지 꼭 36일 만에 폐렴으로 인해 다시 응급실로 실려 가게 되었다. 다움이가 혼수상태에서 의식을 되찾았지만, 백혈암 세포가 중추신경계까지 전이 되어 눈이 안보였고, 말도 하지 못했다. 의사 선생님께서는 골수이식 밖에 다른 방법이 없다고 하셨다. 그런데 갑자기 프랑스로 오래전 떠났던 다움이 엄마가 나타나 이제부터 다움이를 자기가 보살피겠다며 다움이를 아빠에게서 떼어내고 프랑스로 데리고 가려고 했다. 하지만 다움이는 지금까지 자기에게 연락한번 없던 엄마가 갑자기 나타나 자신을 아빠에게서 떼어내고 외국으로 데려가려는 것이 그다지 달갑지 않았다. 그래서 엄마를 차갑게 대하며 밀어냈다. 그래서 다움이 엄마는 아이를 자신에게로 보내달라는 말을 아빠에게 남기고 다시 떠났다.

마침 일본에서 다움이와 골수이식이 딱 맞는 사람이 나와서 다움이가 골수 이식을 받아서 수술을 할 수 있게 되었다. 하지만 막상 수술을 할 수 있게 되어도 가난한 시인인 다움이 아빠는 수술비를 마땅히 구할 수 없었다. 그러던 중에 다움이 아빠까지 간암에 걸려 시한부 인생을 살게 되었다. 다움이 아빠는 그 동안 다움이를 돌보느라 몸이 힘들고, 다움이 병원비 걱정에 마음도 많이 힘들어서 자신의 병이 깊어지는 것도 몰랐다. 6개월밖에 살지 못한다는 의사의 말에도 다움이 아빠는 자신의 죽음을 걱정하기보다 다움이를 수술 받게 하기 위해서 자신의 각막을 팔았다. 그리고 자신의 각막을 팔아서 생긴 돈으로 다움이가 골수이식 수술을 받을 수 있도록 했다. 무사히 다움이의 수술이 끝난 후 건강을 되찾은 다움이를 보고, 다움이 아빠는 다움이를 위해서 외국에 있는 엄마에게로 다움이를 보낸다.

　가시고기 책을 읽고 참 많이 울었다. 그리고 어린 나이부터 생과 사를 오가는 다움이의 처지가 너무나도 안타깝기도 했고 다움이 아빠의 희생과 사랑이 너무나 가슴 아팠다. 그리고 부모님의 사랑이 참 크다는 생각을 했었다. 그런데 내가 다움이와 비슷한 상황이 될 줄은 한 번도 생각해보지 않았었는데 이제 내가 다움이와 같은 처지가 되자 오히려 다움이의 아빠를 향한 마음이 조금 더 깊이 이해되기 시작했다. 그리고 가시고기에서 다움이가 혼잣말을 했던 대사가 내 마음의 고백이 되었다.

자꾸만 가시고기가 생각납니다. 돌 틈에 머리를 박고 죽어가는 아빠 가시고기 말예요. 내가 없어지면 아빠는 슬프고 또 슬퍼서, 정말로 아빠 가시고기처럼 될지도 몰라요. 내가 엄마를 따라 프랑스로 가게 된다면요, 아빠가 쬐끔만 슬퍼했으면 좋겠어요. 쬐끔만 슬퍼하면 우린 언젠가 다시 만날 수 있겠죠.

아빠가 슬프지 않기를 바라는 다움이의 마음이 내 마음이 되고, 그래서 내 안에서 조금 더 살고 싶은 마음이 강하게 느껴졌던 순간이 있었다. 바로 내가 간암이라는 소식을 듣고 나서 아빠가 일주일도 안되어

서 갑자기 몰라보게 수척하게 보인 때가 바로 그때였다. 그 당시 생기가 사라져 가는 아빠의 모습을 보면서, 나는 아빠가 암으로 돌아가셨던 친할머니와 엄마를 지켜보면서 지난 시간 얼마나 고통스러운 삶을 살아왔었는지를 내 눈으로 확인하게 되었다. 그리고 나까지 암이라는 소식에 아빠의 얼굴이 한순간에 수척해지는 것을 보면서, 나는 다윗이의 고백을 온몸으로 이해할 수 있게 되었다. 또한 내가 암이라는 소식으로 아빠가 몹시도 힘들어하는 모습은 곧 아빠가 나를 얼마나 사랑하는지를 알게 되는 순간이기도 했다.

그리고 그 당시 4학년 2학기, 졸업하기 전 마지막으로 학교 수업에서 내가 창세기 본문을 가지고 설교를 준비하는 시간이 있었는데, 지금껏 창세기를 읽으면서 전혀 이해되지 않았던 부분이 이해되는 순간이기도 했다. 사랑하는 아들 요셉을 잃었던 아버지 야곱의 슬픔, 그리고 사랑하는 아들 둘을 잃었던 아버지 유다의 슬픔, 또한 사랑하는 아들 베냐민마저 죽게 되면 아버지 야곱이 슬퍼서 죽게 될 것을 알았던 유다의 심정을 내가 아버지를 보면서 온몸으로 이해할 수 있게 되었다. 그래서 간 절제 수술을 받기 일주일 전에 학교에서 마지막으로 '아버지를 향하여'라는 설교를 하고 수술을 받기도 했었다. 이 설교 부분은 수필에서 다 다룰 수가 없기에 마지막에 부록으로 넣어 놓으려고 한다. 분명 내가 아버지의 심정이 어떤 것인지 내가 한 아이의 아버지가 된다 해도 다 헤아릴 수 없겠지만 그래도 내가 수척해진 아버지를 통해 보게 된 아버지의 사랑은 나에게 진정한 사랑이 어떤 것인지 이해하는

데 매우 귀중한 순간이었다. 수척한 아버지의 모습을 지켜보는 것이 너무나도 가슴이 아팠던 순간이지만, 그래도 그 순간이 있었기에 아버지의 사랑이 얼마나 큰지를 보게 된 순간이 아니었나 생각해본다.

그대에게도 아버지가 아직 살아 계시다면, 더 늦기 전에 아버지를 향하여 나아갔으면 한다.

고통 받는 자만이 내어줄 수 있는 사랑

내가 암에 걸리고 나서 관계에서도 많은 변화가 찾아왔다. 가장 먼저 찾아온 변화는 주변에서 많은 사람들의 걱정과 위로였다. 내 소식을 접한 중학교, 고등학교, 대학교 친구들의 연락이 많이 왔고 많은 친구들이 내 몸 상태가 어떤지 안부를 물었다. 심지어 10년 가까이 연락이 닿지 않았던 친구까지 소식을 듣고 연락하기도 했다. 그리고 많은 친구들이 직접 병원과 집까지 찾아와서 수술과 항암치료로 힘든 내게 힘을 북돋아주기도 했다. 그리고 평상시에도 함께 모이기 어려운 사람들도 함께 모여서 찾아와주었다. 나를 찾아와준 한 사람 한 사람이 정말 고마웠다. 그리고 많은 분들이 물질적으로도 정서적으로도 큰 힘이 되어 주셨다. 그 덕분에 고통의 순간이었지만 따뜻한 사랑의 손길을 느낄 수 있었다.

그런데 한편으로 잘 모르는 주변 사람들의 관심에 오히려 내 마음이 어렵기도 했다. 항암약 때문에 머리카락이 계속 빠져서 결국 머리카락을 빡빡 밀게 되었다. 그래서 밖에 나가면 어디에서나 눈에 띄었고, 살이 10kg 가까이 빠지면서 몸이 전체적으로 야위었기 때문에 지나가던 사람들까지 어디 몸이 좋지 않은지 물어보는 일도 다반사였다. 병원에서는 관심이 지나쳐서 오히려 내 마음이 힘들었다. 검사를 받으러 병원에 가면 주변에서 여러 보호자분들이 내게 여러 가지를 물어보셨다. 나이도 어린데 왜 CT, MRI, PET검사를 하냐는 등의 질문이었다. 애써 대답을 피하려고 해도 계속해서 물어보는 일도 다반사였다.

젊은 학생이 어디가 아파서 이런 검사를 하는지, 간이 왜 안 좋은지, 어쩌다가 암에 걸리게 됐는지, 지금 몸 상태는 어떤지, 그리고 항상 마지막에는 몸에 좋은 거 챙겨먹으라고 하시면서 홍삼 같은 몸에 좋은 건강식품들을 추천하셨다. 분명 누군가에게 잊히는 것보다 누군가가 나를 불러 주는 게 당연히 좋은 일이겠지만 그 관심이 내게 부담스럽게 피부로 느껴질 때는 달갑기보다는 오히려 두려움이 느껴지기도 했다. 나도 내 스스로 계속 정상인이고 싶은데, 내가 정상인이 아니라는 것을 누군가를 통해 내 상태를 재확인해야만 하는 것은 너무나도 힘들었다. 그래서 때로는 내게 관심을 가져주기보다 오히려 그냥 지나쳐주기를 바란 적도 많았다.

또한 주변 사람들의 도움뿐만 아니라 주변 사람들의 여러 아픈 소식도 접하게 되었다.

"우리 엄마도 유방암으로 투병 중이신데, 너도 많이 힘들지. 엄마가 너보고 용기 잃지 말고 힘내라고 전해달래."

"우리 아빠가 암으로 돌아가셨는데, 네가 암이란 소식을 들으니 내 마음도 너무 아프다."

"내가 백혈병으로 항암치료를 받았었는데, 너도 끝까지 포기하지 말고 음식도 잘 챙겨먹고…."

그동안 전혀 들어보지도 못했던 주변 사람들의 아픈 소식들을 정말 많이 듣게 되었다. 사실 지금까지 내가 알지 못했을 뿐 생각보다 내 주변의 많은 사람들이 고통으로 신음하고 있었다. 그리고 사람들의 아픔을 전해 듣는 것이 슬프기도 했지만, 오히려 내게 위로가 되기도 했다. "재환아, 너만 아픈 게 아니야. 재환아, 너만 고통당하는 게 아니야. 나도 너처럼, 누군가도 너처럼 몸과 마음이 아프다."는 말은 단지 힘내라는 얘기보다도 내게 더 큰 위로가 되었다. 서로 고통은 다르지만 고통받는 상황에서 느끼는 서로의 아픔을 함께 나누는 것만으로 충분히 내게 위로가 되었다.

그뿐만이 아니었다. 주변에서 많은 사람들이 내게 힘을 북돋아주기 위해 찾아와서 돌아갈 때 힘을 주려고 했는데 오히려 자기가 힘을 얻고 간다고 말하기도 했다. 당연히 암에 걸린 내가 해줄 수 있는 이야기는 고통을 겪고 있는 이야기였다. 이 고통스러운 이야기를 조금씩 꺼내어 얘기할 때 듣는 사람들은 오히려 그 가운데 자신의 삶을 돌아보는 시간을 가졌다. 건강하고 아무 문제없어 보이는 사람들도 각자 어려운 삶의 고민과 근심을 가지고 살아가고 있었지만, 그 고민을 누구에게도 꺼내지 못했을 뿐 단지 마음에만 담아두고 있었다. 그리고 내 얘기를 들으면서 대부분 자신의 아픈 얘기를 하나둘 꺼내기 시작했고, 그 시간을 통해 암에 걸린 나나 자신이나 모두 상황은 다르지만, 각자 힘들어하는 삶의 자리를 나누면서 서로가 서로에게 위로가 되기도 했다. 마치 선생님이 학생을 가르치러 왔다가 선생님이 오히려 학생에게 배우고 가는 시간과도 같았다. 선뜻 꺼내기 힘든 고통의 순간을 서로가 함께 나눌 때에만 느낄 수 있는 위로였다. 생각해보면 병원에서도 의사와 간호사만 치료를 하는 것이 아니었다. 병원에서 환자들이 자신만 아픈 것이 아니라 서로가 조금씩 다르지만 각자 고통을 받고 있다는 것을 함께 나누면서 서로의 아픈 마음을 치료하고 있었다.

사랑이
그대를
부르는 순간

사랑은 몸과 마음이 건강한 사람만이 내어줄 수 있는 것이 아니었다. 고통 받고 있는 사람은 그가 받는 고통으로도 다른 고통을 겪고 사람들에게 사랑을 내어줄 수 있었다. 이건 내게 너무나도 신기했고, 놀라웠다. 왜냐하면 자신이 겪고 있는 고통으로 사랑을 말할 수 있는 특별한 경험이었기 때문이었다. 사실 나처럼 암에 걸리고 시한부 인생을 살아가는 사람만 고통스러운 것이 아니었다. 모든 사람들은 삶에서 각기 다른 힘겨운 순간을 살아가고 있었지만, 그 순간을 애써 외면하면서 살아가고 있었다. 모두가 자신이 아무 문제가 없는 사람이라고, 자신은 건강하고 괜찮은 사람이라고 여기며 살고 있었다. 나는 그러한 사람들에게 지금 고통 받는 사람들만이 내어줄 수 있는 무언가가 있다는 것을 보게 되었다. 눈에 보이는 무언가를 이루는 대단한 업적은 아니더라도, 기운을 북돋아주는 힘찬 외침은 아니더라도, 고통 받고 있는 그들만이 묵묵히 내어줄 수 있는 무언가가 있었다. 그리고 그 무언가는 누군가 고통 받고 있는 순간에만 나올 수 있는 것이었다.

나는 그대가 누군가로부터 이 무언가를 받을 수 있는 사람이 되었으면 한다. 그리고 그대가 고통스러운 순간에 있을지라도 그대 또한 이 무언가를 내어줄 수 있는 사람이 되었으면 한다. 아마 고통스러운 인생에서 이와 같은 무언가를 함께 나눌 수 있는 누군가가 있다는 것이 참 사랑이지는 않을까.

죽음마저도
이기는 것이
사랑입니다

사느냐 죽느냐 그것이 문제로다

내가 제일 좋아하는 문학가는 바로 극작가 '윌리엄 셰익스피어(William Shakespeare)'이다. 그가 이 세상을 떠난 지 400년도 더 지났지만 그의 주옥같은 말은 지금도 여전히 빛나고 있을 만큼 많은 이들의 사랑을 받아온 작가이다. 좋아할 만한 많은 문학가들이 있겠지만 내가 유독 셰익스피어를 좋아하는 이유는 그가 인생의 고민과 고뇌를 그대로 글로 표현해냈기 때문이다. 그리고 그 고민과 고뇌를 지금 나도 하고 있기에 나는 셰익스피어를 좋아하는 것을 넘어서 그를 사랑하게 되었다. 그의 글에는 가치와 가치의 충돌이 구체적으로 드러난다. 가문 VS 사랑, 우정 VS 연애, 명예 VS 사랑 등의 가치의 충돌은 읽는 독자들이 어떤 가치가 더 소중한지를 다시 한 번 생각해보게끔 한다. 그리고 그의 작품의 주인공들의 고민과 고뇌는 우리 모두의 이야기이자 내 이야기이기도 했다. "사느냐 죽느냐 그것이 문제로다."라고 말하는 햄릿의 대사는 대부분의 사람들이 한 번쯤은 들어보았던 대사일 것이다.

사느냐 죽느냐 그것이 문제로다. 가혹한 운명을 그대로 받아들이느냐, 아니면 물리쳐야 하는가. 죽는다는 것은 영원히 잠을 자는 것, 잠이 들면 모든 고통에서 벗어날 수 있겠지. 하지만 죽음 속에서는 어떤 꿈을 꾸게 될지 그 두려움이 나를 죽음에 이르지 못하게 하는 구나. 단 한 자루의 검이면 숨통을 끊어버릴 수 있는데도 나는 죽음에 대한 두려움으로 결심을 못하고 있는 거지

글의 전체적 흐름에서 살펴볼 때, 햄릿의 고민은 자신이 계속 살아야 하는지 스스로 목숨을 끊어야 하는지에 대한 고민은 아니었다. 오히려 자신의 아버지를 죽인 외삼촌을 그대로 두어야 하는지 아니면 자신이 외삼촌을 찾아가 죽여야 하는지에 대한 고민에 가까웠다. 그 두 가지 선택의 기로에서 어떠한 선택도 하지 못하는 햄릿의 고민은 나의 고민과도 매우 닮아 있었다.

항암약(넥사바)이 내성이 생겼기 때문에, 나는 두 가지 선택의 기로에 서게 되었다. 암과 끝까지 싸우기 위해 병원에서 제시한 남은 방법인 임상연구에 참여하느냐 아니면 암을 그대로 두고 그냥 남은 생을 살아가기 위해서 더 이상의 치료를 중단하는가. 이건 굉장히 어려운 문제이기도 했다. 삶의 마지막 순간을 결정하는 문제였기 때문이다. 마지막 한 가닥의 지푸라기라도 잡는 심정으로 임상연구에 참여하는 것은 마치 크게 한 몫 챙길 수도, 크게 잃을 수도 있는 도박과도 같았다. 치료할 수 있을지 없을지 모르는 약에 내 생사를 걸어야 했기 때문이었다. 그리고 더 이상의 의학적 치료의 과정을 포기하는 것은 일말의 살

수 있는 가능성을 포기하고 다가올 죽음을 받아들이는 것과도 같았다. 이 두 가지 선택의 기로에서 내가 무엇을 선택하는지는 햄릿의 고민과도 닮아있었다.

또한 임상연구의 목적도 항암약(넥사바)을 먹는 것처럼 치료보다도 생명연장에 목적을 두고 있었다. 마치 "조금 괴롭지만 좀 더 오래 살래? 조금 더 편할 수 있지만 일찍 죽음을 맞이할래?"의 선택과도 같았다. 내가 이전에 항암약을 먹지 않았더라면 전자를 택했을 것이다. 하지만 이제는 내게는 단순히 오래 사는 것이 중요한 것이 아니라 생애 마지막을 어떻게 맞이하는 가가 더 중요했다. 그리고 이제 더 이상의 방법은 없다고 마지막 지푸라기를 잡는 심정으로 도박과도 같은 상황에서 선택하고 싶지는 않았다. 물론 부모님께서는 지푸라기를 잡는 심정으로라도 임상연구라도 하기를 원하셨을 것 같다. 내가 이러한 부모님의 마음을 모르는 것은 아니지만 그래도 내가 삶에 마지막이 찾아오게 된다면 어떻게 죽음을 맞이하는가에 가치를 두었기 때문에 부모님께 내가 어떠한 생각을 가지고 있는지를 어렵게 말씀드렸다. 그리고 부모님께서는 내 선택을 이해해주셨을 뿐만 아니라 받아들여주셨다. 그래서 더 이상 병원에서 의학적 치료를 받지 않고 먹는 것을 최대한 신경 쓰면서 가벼운 산책 같은 운동을 하면서 지내기로 결정했다.

우습게 들릴지도 모르지만 이제 나는 어떻게든 암을 죽여야만 행복한 것은 아니라고 생각한다. 내가 암으로 고통 받는 현실이 끝이 나야만 내가 행복한 것은 아니기 때문이다. 내가 암을 끝내 죽일 수 없어도 최소한 나는 암에게 지지 않을 수 있다. 내가 고통 받는 현실이 계속 되더라도, 내게 베푼 사랑의 소리를 들어왔기에, 그리고 지금도 듣고 있기에 나는 행복할 수 있다. 그래서 나는 암에게 지지 않기 위해 나에게 주어진 삶의 시간을 풍요롭게 살기로 선택했다. 그래서 언젠가 내 온몸에 암이 덮쳐오더라도 내가 배운 사랑이 그대에게 조금이나마 전달될 수 있다면, 나는 지금의 삶이 행복할 뿐만 아니라 풍요로웠다고 말할

수 있을 것 같다. 반드시 적을 쓰러뜨려야만 승리하는 것은 아니다. 적을 쓰러뜨리지 않고도 이길 수 있는 방법은 적에게 지지 않는 것이다. 내가 암으로 고통스러운 상황이 끝나지 않는다 할지라도 사랑이 내 안에 있다면, 나는 모든 것을 믿고, 모든 것을 바라며, 모든 것을 견딜 수 있을 것이라 생각한다. 내 삶에 마지막 순간이 찾아온다 할지라도….

물론 임상치료를 받지 않겠다는 나의 선택이 반드시 그래야만 했고, 내 편에서 최고의 선택이었다고 단정내릴 수는 없다고 생각한다. 햄릿이 외삼촌을 죽이는 선택도 반드시 그래야만 했으며, 자신이 내린 최고의 선택이라고 할 수도 없다. 하지만 이렇게 우리의 인생에서는 피하고 싶지만, 도저히 피할 수 없는 두 가지 선택의 순간이 찾아온다. 그리고 둘 중에 어떤 가치가 더 소중한지에 대해 묻는 질문 앞에서 나뿐만 아니라 그대도 어떤 선택을 해야 할지 막막한 순간이 반드시 찾아올 것이다. 언젠가 그대에게 그 순간이 찾아온다면 나는 그대가 어떤 선택을 하든지 간에 사랑을 조금 더 알고 배울 수 있기를 바란다. 이건 가치에 옳고 그름을 떠나, 그대에게 사랑이 무엇인지를 가슴 깊이 알도록 해줄 것이라 생각한다. 그리고 그 선택이 최고의 선택이 아니었을지라도 그대에 가슴 속에는 사랑이 남을 것이라 생각한다.

죽음이라는 얘기는 누구나 쉽사리 꺼낼 수 있는 얘기는 아니지만 나뿐만 아니라 모든 사람들에게 찾아오는 것은 바로 죽음이다. 내가 이 글을 쓰고 있는 오늘도 진도에서 여객선 난파로 인해 제주도로 수학여행을 떠나는 많은 학생들과 여행객들이 실종되었다는 가슴 아픈 소식을 듣게 되었다. 살아가면서 절대 마주치고 싶지 않지만 언젠가 마주치게 될 그 날을 위해 나나 그대가 할 수 있는 것은 무엇일까. 나도 나에게 죽음이 언젠가는 찾아올 것이라고 알고 있었지만 내가 25살에 암에 걸릴 것이라고는 전혀 생각해보지 못했다.

그대도 언젠가 죽음이 찾아올 것이라는 사실은 알고 있겠지만 그 날이 언제일지는 알지 못할 것이다. 그 날이 다가오기 전에 나와 그대가 하루하루 사랑을 배웠으면 한다. 나와 그대의 인생을 통해서 사랑이 그대를 부르는 소리에 계속해서 귀 기울였으면 한다. 그리고 그 소리에 귀를 기울인다면 우리의 인생에서도 묻게 될 사느냐 죽느냐의 고민에서도 사랑은 우리의 길을 인도해줄 것이라 믿는다. 그때가 바로 사느냐 죽느냐보다 사랑이냐 사랑이 아니냐가 중요한 시점이다. 절체절명의 바로 그 순간, 나와 그대에게 사랑이 남았으면 한다.

고통은 사라진다.
그러나 사랑은 남는다

속담 중에서 내가 치기어린 시절에 세상을 향해 큰 뜻을 품도록 했던 속담이 있었다. 바로 "호랑이는 죽어서 가죽을 남기고, 사람은 죽어서 이름을 남긴다."는 속담이다. 이 속담은 나뿐만 아니라 많은 사람들에게 '그래 사람이 한 번 태어났으면, 적어도 자기 이름 석 자는 세상에 알리고 죽어야지'라는 마음을 품도록 했다. 물론 이 속담이 큰 야망을 품고 학문을 정진하도록 하는 데 큰 도움을 주었다는 것을 알지만, 내가 보기에는 이 속담이 인생을 담아내기에는 많이 부족하다고 생각한다. 그래서 내가 그 속담을 바꿀 수 있다면, "호랑이는 죽어서 가죽을 남기고, 사람은 죽어서 사랑을 남긴다."고 바꾸고 싶다. 사람은 죽어서 그 존재는 잊힌다고 해도, 그리고 그의 이름마저 잊힌다 해도, 그가 남긴 사랑의 향기는 이 세상에 남아 다른 이들로 하여금 사랑을 보게 하기 때문이다.

나도 그러한 경험을 한 적이 있다. 한 번도 보지도 못했고, 그분이 어떤 분인지도 잘 알지도 못하지만, 그분이 남긴 향기가 내게 남는 순간이 있었다. 대학교 2학년 때 나는 사람이 남긴 사랑의 향기를 맡게 되었다. 우연히 응모한 한 이벤트에서 나는 수필집 한 권을 받게 되었다. 책의 제목은 《이 아침 축복처럼 꽃비가》였다. 이벤트에 당첨된 후에 한동안 과제에 쫓기고 있어서 책장 한쪽 구석에 놔두었는데 어느 날 눈에 띄어 한 번 읽어보게 되었다. 그리고 그 책의 저자는 내 가슴의 눈시울을 젖게 만들었다. 그 책의 저자는 지금은 고인이 되신 장영희 교수님이셨는데 그분이 쓰신 한 문장 한 문장은 마치 사랑하는 이성의 향기처럼 사랑의 향기를 흩뿌리고 있었다. 나는 그 향기에 취해서 그분이 쓰신 모든 책을 사서 읽기도 했다.

장영희 교수님은 유아 시기부터 소아마비 장애를 가지셔서 평생 두 다리를 못 쓰셨던 분이셨다. 걷지 못하는 치명적인 장애를 가지고 계셨지만 학업에 최선을 다하셨고, 미국에 가서 유학을 할 정도로 문학을 사랑하셨다. 그리고 한국으로 돌아와 서강대에서 영미문학을 가르치셨다. 그러던 중에 유방암, 척추암, 간암으로 세 차례의 항암치료를 받으셨고, 끝내는 2009년에 암 투병을 하시다가 끝내 하늘의 부르심을 받으셨다. 내가 대학교 2학년 때 암은 전혀 생각해보지도 않았던 시기였지만 장영희 교수님의 인생 이야기는 내 마음에 알알이 들어와 박혔다. 그리고 장영희 교수님께서 《문학의 숲을 거닐다》에서 쓰신 한 글귀가 내게 가장 기억에 남았다. "결국 고통은 사라진다. 그러나 사랑은 남는다." 이 글귀는 장영희 교수님께서 먼저 돌아가신 아버지 장왕록 교수님의 마지막 글에서 따온 문구였다.

내가 수필을 쓰고자 마음을 먹은 이유도 바로 장영희 교수님의 수필 때문이었다. 내가 교수님의 수필을 읽고 교수님이 어떤 분이신지 찾아보았을 때 이미 교수님은 이 세상에 계신 분이 아니셨다. 그런데도 교수님의 글은 내 마음속에 남아 교수님의 인생을 통해 배운 사랑이 어떤 것인지를 충분히 느끼도록 해주었다. 이미 이 세상에는 계시지는 않았지만 교수님의 사랑의 메시지는 이 세상에 남아 내게 사랑이 어떤 것인지를 말해주고 있었다. 내가 굳이 내 인생의 마지막이 언제 찾아올지도 모르는 순간에도 강하게 내 인생이야기를 수필로 쓰고자 했던 이유도 바로 그 때문이었다.

한 번도 보지 못했고, 한 번도 얘기를 꺼내보지 않았던 사람이 내는 향기도 내게는 결코 적지 않았다. 하물며 내가 만나고, 내가 얘기를 나누었던 사람이 내는 향기는 얼마나 많을지 도저히 측량할 수조차 없었다. 내게 인생을 통해서 사랑을 전해준 많은 사람들이 향기가 내 안에 남아있고, 그 향기가 내 안에서 또 다른 향기로 나타나기에 나는 한 가지 사실을 알게 되었다. 사람은 죽어서 사랑을 남긴다는 것이다. 물론 모든 사람이 사랑의 향기만을 내는 것은 아니었다. 어떤 사람의 향기는 가까이 가기 힘들 정도로 고약하기도 했다. 하지만 그분들도 인생을 통해 배운 자신만의 사랑의 향기를 내뿜고 있었다. 비록 왜곡된 사랑이었을지라도…. 내게는 장영희 교수님이라는 이름이 내 기억 속에서 사라진다 할지라도 그분이 내게 주신 사랑의 향기는 절대 사라지지는 않을 것 같다. 그분의 향기가 내게 전해졌고, 그리고 내 향기 또한 누군가에게 전해질 거라고 믿기 때문이다.

　한 사람의 인생이 아무리 고통스러웠을지라도 그가 이 세상을 마치는 순간 고통은 점점 사라져갔다. 그리고 그의 삶에 남는 것은 바로 사랑이었다. 그리고 그 사랑은 누군가에게 사랑으로 전해졌다. 나는 이제 살아갈 날이 얼마 남지 않았음을 느끼면서 스스로에게 묻고 있다. 나는 내 안에 어떤 사랑의 향기를 가지고 있는지, 그리고 내 향기는 누구로부터 전해진 향기인지, 더 나아가 내가 다른 이들에게 풍길 향기는 어떤 향기인지. 호랑이는 죽어서 분명히 가죽을 남겼다. 그렇다면 나는 죽어서 무엇을 남길 것인가. 그 대답을 장영희 교수님은 이미 세상에 남기고 가신 것 같다. "결국 고통은 사라진다. 그러나 사랑은 남는다." 이제 곧 다가올 나의 고통이 어떠할지 아직은 잘 모른다. 하지만 나는 고통에 초점을 맞추지 않기로 했다. 내 고통도 언젠가는 사라지게 될 것이고, 나는 고통 후에 남게 될 어떤 것에 초점을 맞추기로 했다.

그대에게도 지금의 고통이 너무나 견디기 힘들다 할지라도 그 고통은 언젠가는 사라질 것이다. 그리고 그대의 삶의 자리에 사랑이 남을 것이다. 그대는 어떤 사랑을 남길 것인가. 나와 그대의 사랑의 향기가 누군가에게 향기로운 냄새로 기억되기를….

지금 이 순간 행복합니다.
Now is Good

의사를 통해서 항암약을 먹지 않으면 3개월 살 수 있을 것이라는 얘기를 듣게 되었을 때야 비로소 나는 시한부인생을 산다는 것이 어떤 느낌인지를 알게 되었다. 시한부인생으로 산다는 건, 앞으로 살아갈 날이 얼마 남지 않았는데 '지금 내가 하고 있는 것이 과연 의미 있는가'를 다시 생각해보도록 만들었다. 내가 이제 곧 죽는데, 좋은 책을 읽는다는 것이, 맛있는 음식을 먹는 것이, 아름다운 광경을 보는 것이, 이성 친구를 사귀는 것이 과연 의미가 있을까? 삶에서 추구하는 많은 일들이 죽음 앞에서 모두 무의미한 것처럼 보이는 순간이었다. 그리고 항암약을 먹으면서 육체마저 내 뜻대로 할 수 없게 되자 참 살아있다는 것이 너무나도 보잘 것 없다고 느껴지기도 했다. 그리고 또 한편으로는 이제는 완전히 해방된 기분을 느끼고 싶어서 살아가면서 나를 가로막거나 가둬두었던 제약 같은 것을 죽기 전에는 어기고 가고 싶기도 했다. 이런 저런 고민을 할 때 내게 가장 먼저 떠오른 영화는 바로 '나우이즈 굿'이란 영화였다.

'나우 이즈 굿'은 내 간에서 암이 발견되기 조금 전에 본 영화였다. 친구랑 영화관에 가서 영화를 보려고 하는데 마땅히 볼 영화가 없어서 고른 영화이기도 했다. 전혀 기대하지 않고 보았던 영화가 최근까지 내게 많은 생각을 하도록 만들었다. '나우 이즈 굿'에서는 암으로 인해 서서히 죽음을 느끼는 10대 후반의 소녀의 삶의 일부분을 조금이나마 볼 수 있었다. 서서히 죽음이 다가오는 것을 아는 여자 주인공은 죽기 전에 해야 할 여러 목록들을 작성했다. 그녀는 그동안 해보지 않았던 섹스, 마약, 도둑질 등등의 여러 버킷리스트들을 하나하나 해보기를 원했다. 그러던 중에 그녀를 진심으로 사랑하는 한 남자가 나타났다. 하지만 그녀를 사랑하는 남자도 그녀의 병든 몸에서 나타나는 여러 증세로 인해서 자신도 그녀를 사랑하는지 완전히 확신할 수 없었다. 그런데도 그는 사랑하는 그녀를 위해 그녀가 눈 감을 때까지 그녀의 옆자리에서 그녀와 함께 있어주었다. 그리고 그 영화는 말했다. 시한부 인생을 사는 사람도 사랑이 필요하다고. 그리고 지금 이 순간이 바로 사랑을 할 순간이라고….

나는 이 영화를 처음 보았을 때 전혀 동의할 수 없었다. 시한부인생을 사는 그녀가 그를 진심으로 사랑한다면, 그녀가 떠나고 남은 자리에서 고통스러워할 그를 위해 사랑하기를 포기해 가는 것이 진실한 사랑이라고 생각했기 때문이었다. 나는 사랑을 위해서 자신의 상황을 고려하지 않고 선택하는 사랑은 너무나도 이기적인 사랑이라는 생각을 가지고 있었다. 그래서 끝까지 책임지지 않는 사랑은 진실한 사랑이 아니라고 여겼다. 이러한 생각으로 인해 나는 간 절제 수술을 하고 나서 몸이 정상적으로 돌아온 짧은 시기에 잠시 동안 연애를 하다가 몸 상태가 점점 안 좋아지는 것을 느끼면서 나 스스로 연애를 포기하기도 했었다. 내 몸 상태가 좋지 않으니 헤어지자고 말하는 것을 나는 사랑이라고 여겼다. 그리고 간암 4기라는 판정과 함께 내가 시한부인생을 살게 되면서 이 고민을 더욱 더 진지하게 하게 되었다. 책임지지 않는 사랑은 진정한 사랑이 아니라고 말하는 내 가치관과 내가 시한부인생을 살고 있는데도 한 여자를 정말로 사랑을 하고 싶은 마음이 내 안에 공존하는 것을 알게 되었기 때문이다. 그리고 나의 이런 고민을 여러 여자 친구들과 얘기해보는 시간을 가졌다. 한 친구는 이렇게 말했다.

"모든 사람은 사랑할 권리가 있고, 시한부인생을 사는 사람도 사랑을 할 권리가 있다고 생각해. 그래서 오빠도 사랑을 했으면 좋겠어."

하지만 나는 그 말에 전적으로 동의할 수 없었다. 모든 사람이 사랑할 권리가 있는 것은 맞지만, 자신의 사랑할 권리가 다른 사람의 사랑의 권리까지 침범해서는 안 된다고 생각했기 때문이다. 그래서 시한부인생을 사는 사람이라도 사랑할 권리가 남겨질 사람의 사랑할 권리를 침해하게 된다면 그건 진정한 사랑이 아니라고 여겼다. 다른 친구는 다음과 같이 말했다.

"만약 내가 사랑하는 사람이 자신이 시한부인생이기에 나를 사랑한다고 해주지 않는다면, 나는 그가 떠나고 내게 남게 될 고통보다 그가 내게 사랑한다고 말하지 않았던 것으로 인해 더 고통스러울 것 같아."

나는 이 말에는 동의할 수 있었다. 당사자가 받아들일 수 있는데, 시한부 인생을 사는 사람이 미리 다가올 상황을 예상하고 사랑하기를 포기해버린다면 당사자의 마음이 더 아플 것 같았기 때문이다. 여러 명의 여자 친구들과 얘기를 나누고 내 생각을 조금씩 정리해가면서 나는 더 깊이 진정한 사랑에 대해서 생각해보게 되었다. 그리고 시한부인생을 살아가는 사람에게도 사랑은 결코 무의미하지 않다는 것을 조금씩 받아들이게 되었다.

한동안 나는 죽음을 앞에 둔 시한부인생은 정말 무의미한 삶이라고 생각했다. 무슨 일을 한다 해도 다가올 앞날이 이미 죽음으로 결정되어 있기에 모든 선택의 과정이 결국 무의미해 보였다. 마치 내일 죽을 사람에게 오늘 버는 돈이나, 공부, 여러 일들이 큰 의미가 없는 것처럼…. 하지만 좀 더 생각해보면 나뿐만 아니라 모든 사람이 자신이 언제 죽을지 알지 못하는 시한부인생을 살아가고 있었다. 그리고 실제로 시한부인생을 살고 있는 사람은 오히려 죽음을 미리 준비할 수 있는 시간이 주어진 사람들이었다. 갑작스럽게 죽음을 맞이하게 되는 사람은 절대로 경험할 수 없는 시간이었다. 그리고 이것은 곧 삶의 의미를 깊이 되새겨보는 귀한 시간이라는 것을 알게 되었다. 그리고 내 삶이 조금씩 변하게 되었다. 항암약이 내성이 생겨서 더 이상 항암약을 먹지 못하게 되고, 이제 병원에서 남은 방법은 임상실험밖에 남지 않았다는 얘기를 듣게 되어도, 오늘의 내 삶은 결코 무의미하지 않았다. 오히려 산다는 것이 무엇인지 죽는다는 것이 어떤 것인지를 깊이 고민해보며 담담하게 죽음을 맞이할 수 있는 것도 누군가에게는 주어지지 않고, 내게 주어진 특별한 시간이었다.

그래서 나는 당장 내일 죽는다 하더라도 하루하루 의미 있게 살아갈 수 있는 작은 리스트를 작성하기 시작했다. 내가 남은 인생에서 사랑을 배울 수 있고, 사랑을 할 수 있는 리스트를 말이다. 지금 내 리스트에는 현재 총 3가지가 있는데 그중 첫 번째가 바로 이 수필을 작성하는 것이다. 내 삶의 이야기를 통해서 모든 사람들의 삶이 결코 무의미하지 않고 무엇보다도 가치 있다는 것을 함께 나누는 것은 내게도 인생에서 받은 사랑을 정리해보는 시간이기 때문이다. 두 번째는 사랑하는 여자를 만나 사랑을 하는 것이다. 진정 내가 정말 사랑하는 누군가를 만나서 사랑하는 것은 마지막까지 사랑을 하면서 가고 싶은 바람이 있기 때문이다. 세 번째는 기적이 일어나지 않는 이상 절대 이룰 수 없는 리스트이기는 한데 내 아이를 낳아보는 것이다. 나를 닮은 아이를 내 품으로 안아보면 내가 받은 사랑이 어떤 사랑인지 좀 더 깊이 알 수 있을 것 같기 때문이다. 내가 이 세 가지 리스트를 모두 이루고 가지 못한다 해도 이제 내가 사는 하루하루는 결코 무의미하지 않다. 오늘 하루 내게 주어진 사랑을 배우고 간다면 그것만으로도 충분하기 때문이다. 그리고 이렇게 하루하루 사랑을 배우는 삶을 살아갈 수 있는 지금 이 순간이 정말 행복하다.

나는 '한 사람'과 그의 명언을 소개하면서 지금 이 순간의 의미를 정리하려고 한다. '앙리 카르디에 브레송(Henri Cartier Bresson)'은 사진을 예술의 반열에 올려놓은 위대한 사진작가이다. 그는 사진이 예술로 평가되지 않았던 시기에 사진기를 들고 간디암살사건과 같은 역사의 결정적인 순간을 사진으로 남기면서 사진을 통해 삶의 결정적인 순간을 흔적으로 남기고자 했던 사람이다. 그러던 그가 자신의 삶을 돌아보며 했던 말이 바로 이 문장이다. "평생 삶의 결정적 순간을 찍으려 발버둥 쳤으나 삶의 모든 순간이 결정적 순간이었다." 혹시 이 글을 읽고 있는 그대도 얼마 전에 나처럼 삶이 무의미하다고 느껴지거나 너무도 가치 없다고 느끼지는 않는가. 만일 그렇다면 나는 그대에게 이렇게 말하고 싶다.

"그대가 삶의 결정적인 순간을 잡으려 하지만, 그대의 삶의 모든 순간은 결정적 순간입니다. 그리고 그 순간을 살아가는 것은 바로 지금입니다. 저는 그대의 지금 이 순간이 행복했으면 해요. 지금 이 순간이 사랑할 순간입니다."

그대의 상황이 어떠하든지 그대의 오늘이, 그리고 지금 이 순간이 행복하기를….

사랑은 스스로를 드러내기 위해
그대를 '작은 죽음' 가운데 두기도 한다

암에 걸리고, 그리고 얼마 후면 죽게 될지 모르는 소식들을 여러 사람들과 함께 나눌 때, 많은 사람들은 내게 물었다. "재환아, 너 하늘이 원망스럽지 않아?" 이 얘기는 조금 풀어보자면, 네가 암에 걸리게 되고 이제 곧 죽을지도 모르는데 이러한 일이 벌어지게 된 것을 어떻게 받아들이면서 사는지에 대한 물음이었다. 어찌 보면 얼마 전만 해도 암이랑은 전혀 관련 없이 살았고 내가 죽는다는 생각은 먼 훗날에 있을 일에 관한 것이기에 갑자기 찾아온 변화를 나 스스로도 받아들이는 데 꽤 많은 시간이 걸렸다. 그리고 물론 나도 사람이기에 하늘에 원망을 했던 순간이 있었다. 하지만 내가 더 이상 하늘에 원망하지 않는 이유는 나를 낳아주신 엄마가 있었기 때문이다. 나를 위해 엄마가 자신의 생명을 내어놓으셨는데 어떻게 내가 엄마에게 B형 간염을 받았다고 엄마를 원망할 수 있으며, 나를 위해 엄마가 젊은 날에 죽으셨는데 어떻게 내가 젊은 날에 죽게 된다고 어떻게 엄마를 원망할 수 있을까. 이런 생각으로 인해 나를 지금까지 살게 해준 하늘에 나도 더 이상 원망을 하지 않게 되었다. 그리고 문득 내 머릿속으로 스쳐지나간 것이 '하늘은 내 인생이라는 시간동안 사랑이 무엇인지를 알려주기 위해서 이 땅에 나를 보낸 것은 아닌가라는 생각이 들었다.

　지금 나는 하늘이 진정한 사랑을 알려주기 위해서 이 땅에서 살아가도록 보냈다고 생각한다. 하늘은 인생이라는 시간을 통해 나에게 조금씩 사랑이 무엇인지를 알려주었다. 아빠와 두 명의 엄마를 통해, 친척들을 통해, 누나들을 통해, 선생님들을 통해, 친구들을 통해, 사랑하는 여자를 통해 하늘은 내게 진정한 사랑이 무엇인지를 아주 조금씩 알려주었다. 물론 이들과 싸우기도 하고, 다투기도 하고, 심지어 말도 안 하는 시간이 있기도 했지만 지금 생각해보면 내가 이들에게 준 것보다 오히려 내가 이들에게 받은 것이 많았고 내가 이들에게 다가가기보다 오히려 이들이 내게 다가와준 적이 많았다. 그리고 이들이 내게 준 사랑이 완전하지는 않았지만, 나는 그 사랑으로 인해 삶에 사랑이 있음을 보았고, 또한 사랑이 있다는 것을 온몸으로 느낄 수 있었다. 그리고 지금 이 순간에도 그 사랑을 느끼고 있다.

　그렇지만 하늘이 내게 보여준 사랑이 마냥 좋은 것만은 아니었다. 때때로 인생의 고통의 시간을 주어서 하늘은 내게 사랑이 무엇인지를 알려주었다. 나는 사람이 살아가면서 느끼는 고통은 죽음이 무엇인지를 미리 조금이나마 알아보는 '작은 죽음'이라고 생각한다. 자신이 실제로 죽지는 않지만 자신 안에서 느껴지는 고통은 마치 죽는 것 같은 느낌이기에 나는 '작은 죽음'이라고 부르게 되었다. 하늘은 내게 '작은 죽음'을 통해서 때때로 사랑이 무엇인지를 알려주었다. 낳아주신 엄마가 이 세상에 안 계신다는 것을 알게 되었을 때, 화재로 인해 삶의 터전이 한순간에 사라졌을 때, 사랑하는 여자를 가슴에서 떠나보내야 했을 때, 원치 않았던 병에 걸리게 되었을 때….

인생 가운데 절대로 마주치고 싶지 않았던 '작은 죽음'과 마주치는 순간은 결코 유쾌한 시간은 아니었다. 하지만 그 시간은 분명히 내게 진정한 사랑에 대해서 진지하게 고민해보는 시간이었다. 진짜 사랑이라는 것이 과연 있는지, 진짜 사랑이 있다면 내게 어떻게 이럴 수 있는지, 진짜 사랑이라면 내게 이렇게 해야만 하는지…. 이를 마주하는 시간은 너무 힘들고 치가 떨리도록 고통스러웠지만 이렇게 진지하게 고민해보는 시간이 있었기에, 이제는 내가 지금 있는 이 순간이 진짜 죽음에 이르게 될지라도 진짜 사랑이 있음을 받아들일 수 있을 것 같다. 그래서 '작은 죽음'을 통해 배운 사랑으로 인해, 진짜 죽음이 온다 해도 여전히 사랑이 있다는 것을 더 이상 부정할 수는 없을 것 같다.

사실 지금도 하늘이 그리고 사랑이라는 것이 내게 완전히 이해가 되는 부분은 아니다. 하지만 이제는 내게 모든 것이 이해되지 않는다 해도, 실제 사랑이 없는 것은 아니기에, 내가 완전히 이해하지 못했다면 이해하지 못한 상태로 두고 내가 받아들일 수 있는 부분만큼을 받아

들일 줄 아는 것, 그것이 내가 마지막 순간이 찾아올 때까지 할 수 있는 사랑일 것 같다.

내게 사랑은 너무나도 가슴 아팠고 너무나도 견딜 수 없는 고통이 있었지만 너무나도 따뜻했고 너무나도 아름다웠다. 그리고 지금 이 순간조차도 사랑은 조용히 내게 속삭이고 있다. 나는 이 사랑이 내 생애 마지막 순간까지 나를 꼭 붙잡고 갔으면 좋겠다. 그리고 그대가 '작은 죽음'으로 힘들어하고 있다면 그대에게도 조금이나마 이 사랑이 전해졌으면 한다.

그래서 사랑이 필요합니다

커가면서 사랑이라는 것을 보고 느끼면서 나는 나 스스로 사랑을 할 수 있는 줄 알았다. 나도 엄마처럼, 나도 아빠처럼, 나도 선생님처럼 사랑을 할 수 있을 거라고 생각했다. 하지만 시간이 흐를수록 나는 스스로 사랑을 할 수 있는 사람이 아니라는 것을 알게 되었다. 살아오면서 봐왔던 내 모습은 너무나도 더러웠고 너무나도 부끄러웠다. 나는 태어나면서부터 엄마를 죽여야만 했던 사람이었고 살아오면서 부모님의 고생의 결과를 마치 당연히 내 것인 양 여기며 살아왔었던 사람이었다. 그리고 선생님의 선한 가르침도 내가 당연히 받아야 할 만했기 때문에 주신 가르침이 아니라 내가 너무나도 부족했지만 선생님이 스스로를 깎아가며 주신 가르침이라는 것을 알게 되었다. 그리고 소중한 친구들은 만나는 것도 내게는 당연하게 주어진 것이 아니라 신기하게 만나게 되고 신기하게 헤어져가면서 친구들로 남게 되었다.

지금 생각해보면 살아가면서 내가 선택한 것도 많이 없었다. 나는 내 엄마에게서 태어나고자 하지 않았고, 내 부모님의 밑에서 자라고 싶지도 않았으며, 학교 선생님들조차도 나와 부모님이 선택하지 않았다.

친구들도 내 맘대로 사귀는 것 같았지만 시간이 지나면서 누군가와는 헤어지게 되고 누군가와는 지금도 만나게 되는 사이가 되었다. 나는 이런 여러 만남을 바라보면서 내가 이런 관계를 애초부터 계획하지 않았음을 보게 되었다. 그리고 이런 관계를 내가 선택하지는 않았지만, 이런 관계가 하나씩 내게 주어졌고, 이 모든 관계 속에서 지금에 나로 자라게 되었다. 그래서 지금의 나도 내 스스로 되지 않았다. 여러 관계 속에서 하루하루 내 모습이 바뀌게 되었고, 심지어 직접 만나지도 못했던 책의 저자를 통해서 내 생각이나 가치관이 바뀌기도 했다.

이런 내 삶에서 계획하지 않았고, 선택하지 않았으며, 바라지도 않았던 많은 관계를 통해서 나는 사랑을 배웠다. 친했던 친구들과 헤어지면서 사랑이 무엇인지를 배웠고 전혀 나랑은 맞지도 않을 것 같았던 친구들과 가까워지면서 사랑이 무엇인지를 배웠다. 그리고 누군가로 인해 슬퍼하면서 사랑을 배웠고, 누군가로 인해 기뻐하면서 사랑을 배웠다. 그 과정 모두 내가 계획해서 된 것은 아무 것도 없었다. 하지만 그러한 과정을 통해 내게 남은 것은 사랑이었다. 그리고 이 사랑은 당연히 내가 사랑받을 만한 가치 있는 사람이기에 받은 것이 아니었다. 그저 아무 것도 아닌 내게 '그냥 사랑'이 주어졌다.

내 첫사랑에게 왜 나를 좋아하냐고 물어봤을 때, 그녀가 내게 했던 말이 있다. "나는 오빠가 그냥 좋아." 내가 특별히 잘생겨서도 아니고, 내가 특별히 키가 커서도 아니고, 내가 특별히 멋있는 체구여서도 아니고, 내가 돈이 많았기 때문도 아니었다. 그 당시 나는 그녀가 나를 사랑하는 이유를 찾으려 했었다. 그리고 내가 얼마나 그녀에게 괜찮은 사람인지 알고자 했다. 하지만 그런 나에게 그녀가 했던 말은 지금도 잊을 수 없는 최고의 대답이었다. "어떤 이유가 있어서 나를 좋아하는 게 아니라, 그냥 좋아. 더 잘생긴 사람이 나타나도, 더 키 큰 사람이 나타나도, 더 매력적인 사람이 나타난다 해도 나는 오빠가 그냥 좋아." 그녀가 했던 대답이 바로 내 인생을 통해 사랑이 내게 대답한 사랑이었다. 물론 첫사랑과는 헤어졌지만, 그녀가 대답한 사랑의 의미는 내게 '그냥 사랑'으로 지금까지 남게 되었다.

이제 나는 나를 너무도 잘 알기에 내가 누군가를 완전한 사랑을 할 수 있는 사람이 아니라는 것을 안다. 내가 보기에 예쁘기에, 내가 보기에 아름답기에, 내가 보기에 괜찮기에 누군가를 사랑할 수 있는 사람이 바로 나이다. 이런 내게 사랑은 계속해서 '그냥 사랑'이 무엇인지를 가르쳐주었다. 그래서 이제는 나는 그 사랑에 조금씩 익숙해졌고, 그 사랑을 감사히 받아들이게 되었으며, 아주 때로는 그 사랑을 줄 수도 있게 되었다. 그래서 사랑이 필요하다고, 내게는 그 사랑이 너무도 필요하다고, 어제도, 오늘도, 그리고 다가올 내일도 그 사랑이 너무도 필요하다고 말하게 되었다. 그리고 이제는 언제 내가 이 세상을 떠날지 모르지만, 확실히 말할 수 있게 되었다. "그래서 사랑이 필요합니다." 그래서 마지막 순간까지 사랑을 배웠으면 한다. 그리고 천상병 시인이 '귀천'이라는 시에 말했던 것처럼 나도 이 세상 소풍 마치는 날 하늘이 내게 알게 해준 사랑으로 인해 아름다웠다고 말하고 싶다.

그리고 나한테 주어진 길을 걸어가야겠다

죽는 날까지 한 점
부끄럼이 없기를,
잎새에 이는 바람에도
나는 괴로워했다.
별을 노래하는 마음으로
모든 죽어가는 것을 사랑해야지
그리고 나한테 주어진 길을 걸어가야겠다.

오늘밤에도 별이 바람에 스치운다.

아마 우리나라 사람이라면 한 번쯤은 들어보았을 시이다. 그리고 내가 가장 좋아하는 시이기도 하다. 윤동주의 《하늘과 바람과 별과 시》라는 유고시집에 첫 번째로 나오는 '서시'는 많은 사람들의 가슴을 뜨겁게 만드는 시이기도 했고 지금도 그러한 시다. 나 또한 어린 시절 '서시'를 처음 읽으면서 '하늘을 우러러 한 점 부끄러움이 없는 당당한 삶을 살아야지'라는 마음을 품기도 했다. 그리고 이 마음이 흔들릴 때마다 '서시'를 외우면서 '오늘 하루도 부끄럽지 않은 삶을 살아야지'라는 마음을 되새기곤 했다. 물론 지금도 '서시'를 가장 좋아하지만 이제는 가장 좋아하게 된 의미가 조금 바뀌었다.

　어린 시절에 남에게 부끄럽지 않은, 하늘에조차 당당한 삶을 살고자 이 시를 좋아했다면 이제는 오히려 정반대로 나란 존재가 부끄러울 수밖에 없다는 내 심정을 솔직하게 대변해주는 것 같아서 이 시를 좋아한다. 그리고 점점 이 시에 대한 이해가 깊어갈수록 윤동주도 그러한 마음이었을 것이라고 생각한다. 윤동주는 하늘을 우러러 한 점이라고 부끄러움이 없는 삶을 살고 싶었지만 잎새에 이는 작은 바람에조차 괴로워했다. 거대한 바람 앞에서 당당히 맞서 싸우는 당당한 모습이 아니라 오히려 작은 바람에도 괴로워하는 부끄러운 자신을 대면했던 것 같다. 마치 윤동주 자신은 일제에 저항하는 시를 당당하게 발표하고 싶었지만 당당하게 저항시를 발표하지 못하고 하루하루 시를 적어가는 자신의 모습이기도 했을 것 같다. 그리고 오히려 일제에 의해서 죽임을 당하고 나서야 이 시가 발견되었을 정도로 윤동주는 자신의 존재를 부끄러워했던 사람이었던 것 같다.

　물론 윤동주가 일제에 의해 죽임을 당했다는 것은 분명하지만 그는 자신의 존재의 부끄러움을 인정했던 사람이었다. 그리고 나 또한 그의 심정과 동일하게 나라는 존재의 부끄러움을 인정하기에 이 시를 좋아한다. 이러한 부끄러움을 나만 느끼는 것이 아니라, 시인 윤동주도 느껐다는 생각이 들자 더더욱 그의 시를 사랑하게 되었다. 그리고 한 걸음 더 나아가 윤동주는 자신의 부끄러움을 인정하는 데서 끝나려고 하지 않았던 것 같다. 별처럼 밝게 빛날 희망을 꿈꾸며, 죽어가는 모든 존재를 사랑하길 원했다. 그리고 자신도 언제 죽을지 모르지만, 자신에게 주어진 길을 하루하루 살아가기를 원했다. 윤동주는 하늘에 부끄럽지 않고, 당당하기 위해 주어진 길을 가려고 했던 것이 아니라 오히려 하늘에 자신을 비추어볼 때 자신이 너무나도 부끄럽기에 자신에게 주어진 길을 그저 묵묵히 가려고 했던 것 같았다. 그리고 나는 이러한 윤동주에게서 나의 남은 삶을 어떻게 살아야 하는지를 보게 되었다.

언제 다가올지 모르는 죽음의 시간 앞에서 이제 나는 부끄럽지 않고, 떳떳한 삶을 사는 것이 아니라 오히려 내가 너무나도 부끄럽지만 내게 주어진 하루하루를 묵묵히 살아내는 것이 앞으로의 내 삶의 주어진 길이라는 생각을 해본다. 칠흑 같이 어두운 밤 같은 시간이 온다 해도, 생명을 위협하는 세찬 바람이 온다 해도 나는 내게 주어진 하루하루를 묵묵하게 살아가려고 한다. 죽기 직전에 하늘이 보기에도 대단한 어떤 업적을 남기는 것이 아니라, 오히려 하루하루 내게 주어진 삶을 의미 있게 살아가는 것이 내게 주어진 길이라는 생각이 든다. 그리고 이렇게 모든 죽어가는 것을 사랑하고자 했던 윤동주의 마음이 내 마음이 되었으면 한다.

매일의 삶에서 사랑을 배우고, 사랑을 알아가며, 하늘이 내게 준 삶을 묵묵히 살아내는 것. 그래서 오늘의 내 하루는 결코 무의미하지 않다. 내 삶의 주어진 시간의 의미를 되새기며, 사랑의 흔적을 남길 수 있는 오늘 하루는 너무도 가치 있다. 과거와 현재의 내 삶을 계속 비추어볼 때, 내가 보기에도 나란 존재는 너무나도 부끄럽지만, 그래도 이렇게 나한테 주어진 길을 하루하루 걸어갔으면 한다. 그리고 이 길이 마지막 시간까지 내 삶을 사랑으로 가득 채우는 시간이 아닐까.

마지막으로 '소포클레스'가 남긴 한 문장으로 이 글을 마무리 하려고 한다. "그대가 헛되이 보낸 오늘은 어제 죽어간 이가 그토록 갈망하던 내일이다." 부디 오늘도 나와 그대에게 주어진 길을 묵묵히 걸어가는 하루가 되기를….

사랑이 그대를 부르는 순간

먼저 이 글을 끝까지 읽어주셔서 너무나 고맙고 감사하다. 누군가가 내 인생 이야기를 들어준다는 것이 정말 말로 표현할 수 없는 큰 기쁨이라는 것을 글을 적으면서 더욱 느끼게 되었다. 또한 내 인생 속에서 배운 사랑을 하나하나 되새겨가며 나에게 사랑이 더 깊이 이해되는 순간이기도 했다. 훗날 그대도 기회가 있다면 그대가 인생에서 받은 사랑을 글로 적어가는 기쁨을 누렸으면 좋겠다. 그대가 이 글을 읽어가면서 내가 그대에게 말하고자 하는 사랑이 잘 전달됐는지는 알지는 못한다. 그래도 내 이야기가 그대에게 읽혀지고, 아주 조금이라도 그대에게 맞닿을 수 있다면 나는 그것만으로도 충분히 고맙고 감사하다.

아마 제목을 보고, 이 책을 선택했던 독자라면 사랑이 그대를 부르는 순간이 언제인지를 알기를 원할 것이다. 하지만 애석하게도 나는 삶에서 특별하게 사랑이 그대를 부르는 순간을 알 수 있도록 이 글을 쓴 것이 아니다. 오히려 사랑이 그대를 부르는 순간이 특별한 순간이 아니라, 삶의 모든 순간이 사랑이 그대를 부르는 순간이라는 것을 말하고

자 했다. 그 가운데 내 인생의 여러 에피소드를 통해 사랑이 나를 부르는 순간을 적고자 했다. 내가 삶을 통해 배운 사랑이야기를 통해, 그대도 사랑을 배워가고, 사랑의 속삭임을 들을 수 있었으면 한다.

내가 인생을 통해 배운 사랑은 너무나도 가슴 아픈 사랑이야기였다. 하지만 나는 그 가슴 아픈 사랑이야기가 지금은 너무나도 따뜻하고, 아름다운 이야기라고 생각한다. 그리고 그 사랑이야기는 지금 이 순간도 쓰이고 있다고 생각한다. 내가 사랑을 배운 순간은 내가 어떤 사람인지를 분명히 인식하는, 내가 받은 사랑이 얼마나 큰 사랑인지를 알게 되는 순간이었다. 그대의 삶에서도 그대가 어떤 사람인지, 그대가 받은 사랑이 얼마나 큰 사랑인지를 분명히 알게 되었으면 한다. 그리고 그대의 인생을 돌아보면서 그대가 받은 사랑을 하나하나 세어보는 시간을 가져보기를 바란다.

내가 글을 쓸 결심을 하고 어느덧 다 쓰게 되었다는 것이 너무나 놀랍고 신기하다. 글을 쓰다가 내 몸 상태가 언제 어떻게 될지 모르는 상황이었는데, 그래도 글을 마침내 다 쓸 수 있게 되어서 너무나도 기쁘다. 그대가 이 글을 읽고 있을 때 내가 이 세상에 있을지 모르겠지만, 그래도 그대에게 내가 배운 사랑이 그대에게까지 전해졌으면 한다. 한 사람이 태어나 자신이 인생을 왜 살아가는지 잘 알지 못하고 살아가는 사람이 많이 있지만 인생 가운데 그대가 사랑을 배울 수 있다면 나는 그대가 인생을 왜 살아가는지를 조금이나마 알게 될 수 있지 않을까 생각해본다.

마지막으로 내가 그대에게 무언가를 얘기할 만한 대단한 사람은 아니지만 그래도 내가 인생을 통해 처절하게 배운 사랑이 무엇인지 전해줄 수 있다면, 나는 내게 주어진 인생을 주어진 대로 잘 살았다고 여길 수 있을 것 같다. 이 글을 다 읽는 그대에게 내 이름 세 글자가 남기보다 내가 배운 사랑이 남기를, 그리고 그대의 인생에도 그대의 이름 세 글자보다 그대가 배운 사랑이 남았으면 한다. 사랑이 그대를 부르는 순간은 그리 멀리 있지 않다. 그대의 어제가, 그대의 오늘이, 그리고 그대의 내일이 사랑을 배우는 순간이 되었으면 한다. 더 나아가 그대의 지금 이 순간이 행복하기를 바란다.

이 책의 부록은 내가 총신대학교에 재학 중이던 4학년 2학기에 처음이자 마지막으로 써본 짧은 설교문이다. 지금까지 전달한 글로 충분히 사랑이 무엇인지 이해되었다면 굳이 읽지 않아도 될 것 같다. 그리고 종교적인 문제로 굳이 읽고 싶지 않다면, 읽지 않아도 되기에 일부러 부록으로 넣기도 했다. 그래도 내가 말하고자 하는 사랑을 조금 더 깊이 이해하고자 한다면 15분 정도로 발표할 분량으로 쓴 짧은 글이므로 가벼운 마음으로 한 번 읽어보았으면 한다.

아버지를 향하여

2008101021 신학과 4학년 **김재환**

안녕하세요. 저는 신학과 08학번 김재환이라고 합니다. 오늘이 제 인생의 마지막 설교가 될지도 모른다는 마음으로 준비했습니다. 이제 그 마음을 나누고자 합니다. 여러분이 창세기를 읽을 때 가장 궁금했던 질문은 어떤 질문이었나요? 공룡은 어디 있지? 왜 선악과를 만드셨지? 등의 여러 가지 질문이 있겠지만, 제게는 그 많은 질문 중에서 정말 궁금한 하나의 질문이 있었습니다. 그 질문은 바로 이것인데요, "왜 요셉이 아니고, 유다일까?"라는 질문입니다. 요셉은 하나님과 함께한 자였습니다. 그래서 아브라함, 이삭, 야곱, 요셉으로 이어지는 이야기를 읽은 우리는 자연스럽게 야곱의 뒤를 이을 자는 요셉이구나 하고 생각하게 됩니다. 그런데 전혀 예상하지 못했던 엄청난 반전으로 유다가 야곱의 뒤를 이어가게 되는 것을 보고 우리는 모두 깜짝 놀라게 됩니다. 왜 요셉이 아니라 유다였을까요?

오늘 주어진 짧은 시간으로 이 질문의 명쾌한 답을 제시할 수는 없겠지만, 오늘 나눌 말씀을 통해 이전보다 유다라는 인물을 더 알아가고 깊이 이해하는 시간되기를 원합니다. 우리 함께 본문을 살펴보도록 하겠습니다. 저는 오늘 여러분과 함께 창세기 44장 14-34절의 말씀을 나누려고 합니다. 모두 읽기에는 본문이 길어서 창세기 44장 30-34절의 말씀을 함께 교독하도록 하겠습니다.

14. 유다와 그의 형제들이 요셉의 집에 이르니 요셉이 아직 그 곳에 있는지라 그의 앞에서 땅에 엎드리니 15. 요셉이 그들에게 이르되 너희가 어찌하여 이런 일을 행하였느냐. 나 같은 사람이 점을 잘 치는 줄을 너희는 알지 못하였느냐. 16. 유다가 말하되 우리가 내 주께 무슨 말을 하오리이까. 무슨 설명을 하오리이까. 우리가 어떻게 우리의 정직함을 나타내리이까. 하나님이 종들의 죄악을 찾아내셨으니 우리와 이 잔이 발견된 자가 다 내 주의 노예가 되겠나이다. 17. 요셉이 이르되 내가 결코 그리하지 아니하리라. 잔이 그 손에서 발견된 자만 내 종이 되고 너희는 평안히 너희 아버지께로 도로 올라갈 것이니라. 18. 유다가 그에게 가까이 가서 이르되 내 주여 원하건대 당신의 종에게 내 주의 귀에 한 말씀을 아뢰게 하소서. 주의 종에게 노하지 마소서 주는 바로와 같으심이니이다. 19. 이전에 내 주께서 종들에게 물으시되 너희는 아버지가 있느냐 아우가 있느냐 하시기에 20. 우리가 내 주께 아뢰되 우리에게 아버지가 있으니 노인이요, 또 그가 노년에 얻은 아들 청년이 있으니 그의 형은 죽고 그의 어머니가 남긴 것은 그뿐이므로 그의 아버지가 그를 사랑하나이다 하였더니 21. 주께서 또 종들에게 이르시되 그를 내게로 데리고 내려와서 내가 그를 보게 하라 하시기로 22. 우리가 내 주께 말씀드리기를 그 아이는 그의 아버지를 떠나지 못할지니 떠나면 그의 아버지가 죽겠나이다. 23. 주께서 또 주의 종들에게 말씀하시되 너희 막내 아우가 너희와 함께 내려오지 아니하면 너희가 다시 내 얼굴을 보지 못하리라 하시기로 24. 우리가 주의 종 우리 아버지에게로 도로 올라가서

내 주의 말씀을 그에게 아뢰었나이다. 25. 그 후에 우리 아버지가 다시 가서 곡물을 조금 사오라 하시기로 26. 우리가 이르되 우리가 내려갈 수 없나이다. 우리 막내 아우가 함께 가면 내려가려니와 막내 아우가 우리와 함께 가지 아니하면 그 사람의 얼굴을 볼 수 없음이니이다. 27. 주의 종 우리 아버지가 우리에게 이르되 너희도 알거니와 내 아내가 내게 두 아들을 낳았으나 28. 하나는 내게서 나갔으므로 내가 말하기를 틀림없이 찢겨 죽었다 하고 내가 지금까지 그를 보지 못하거늘 29. 너희가 이 아이도 내게서 데려 가려하니 만일 재해가 그 몸에 미치면 나의 흰 머리를 슬퍼하며 스올로 내려가게 하리라 하니 30. 아버지의 생명과 아이의 생명이 서로 하나로 묶여 있거늘 이제 내가 주의 종 우리 아버지에게 돌아갈 때에 아이가 우리와 함께 가지 아니하면 31. 아버지가 아이의 없음을 보고 죽으리니 이같이 되면 종들이 주의 종 우리 아버지가 흰 머리로 슬퍼하며 스올로 내려가게 함이니이다. 32. 주의 종이 내 아버지에게 아이를 담보하기를 내가 이를 아버지께로 데리고 돌아오지 아니하면 영영히 아버지께 죄짐을 지리다 하였사오니 33. 이제 주의 종으로 그 아이를 대신하여 머물러 있어 내 주의 종이 되게 하시고 그 아이는 그의 형제들과 함께 올려 보내소서. 34. 그 아이가 나와 함께 가지 아니하면 내가 어찌 내 아버지에게로 올라갈 수 있으리이까. 두렵건대 재해가 내 아버지에게 미침을 보리이다.

오늘 본문을 함께 나누기에 앞서 본문 이전 스토리를 조금 살펴보도록 하겠습니다. 가나안 땅에 기근이 찾아왔습니다. 가나안에 살고 있는 야곱의 식구들은 먹을 것이 떨어졌습니다. 그래서 야곱은 식량이 많다고 하는 이집트로 야곱의 아들들을 보내게 됩니다. 그의 아들 중에서 야곱이 사랑하는 베냐민만 빼놓고 말입니다. 그러나 베냐민을 빼놓고 왔다는 얘기로 인해 가나안에서 보낸 첩자라는 의심을 받아 '시므온'이라는 형제를 이집트에 두게 되었습니다. 이집트 총리인 요셉은 베냐민을 데리고 오면 시므온을 풀어주고, 그들을 의심하지 않고 모두 살려주겠다고 했습니다. 그리고 야곱의 아들들은 가나안으로 식량을 가지고 돌아오게 되었습니다.

그 식량은 그리 오래지 않아, 떨어졌습니다. 야곱의 모든 식솔들은 이제 다시 한 번 굶어죽게 될 위기에 처했습니다. 이때 장자인 르우벤이 자신의 두 아들을 담보로 베냐민을 데리고 이집트로 가겠다고 청했으나 야곱은 이를 거절했습니다. 마침내 유다가 나서서 아버지께 청합니다. "아버지, 베냐민이 함께 가지 않으면 베냐민뿐만 아니라 모두가 굶어 죽습니다. 저의 생명을 담보로 베냐민을 데리고 오겠습니다." 그 유다를 믿으며, 야곱은 아들들과 이집트에는 없는 가나안 땅의 귀한 것들과 베냐민을 함께 이집트로 보냅니다.

하지만 걱정했던 것과는 달리 이집트에서 야곱의 아들들은 베냐민이 함께 와서 의심도 풀게 되었고, 그의 형제 시므온도 찾게 되었을 뿐만 아니라, 식량까지 얻어서 가나안 땅으로 돌아오게 되었습니다. 그러던 찰나에, 그들에게 예상치 못했던 위기가 발생합니다. 바로 이집트 총리가 아끼는 은잔이 없어졌다는 것입니다. 그 은잔은 바로 베냐민의 자루에서 발견되었고, 야곱의 아들들은 모두 이집트 총리에게로 다시 돌아오게 되었습니다. 그리고 드디어 오늘의 본문이 시작됩니다.

야곱의 아들들은 요셉에게 엎드려 절합니다. 이 때 요셉은 그의 형제들이 베냐민을 어떻게 여기는 지 알아보기 위해 유도 질문을 던집니다. "너희가 어찌하여 이런 일을 행했느냐? 내가 점을 잘 치는 줄 알지 못했느냐!" 이때 유다가 나서서 변호하기 시작합니다. "저희가 잘못했습니다. 저희는 어찌할 말이 없습니다. 하나님께서 종들의 잘못을 찾아내기에 우리와 이 잔이 발견된 자 모두가 노예가 되겠습니다."

요셉은 이를 거절합니다. "너희 모두 종이 될 필요가 없다. 다만 내 잔을 가지고 간자만 나의 종이 되고, 너희는 평안히 너희 아버지께로 돌아가라"명령합니다. 이제 유다가 간절히 청하는 이 본문에서 창세기 저자는 창세기에서 가장 긴 설교를 사용합니다. 혹시 본문 18절부터 34절까지 가장 많이 나오는 단어가 무엇인지 보이시나요? 네. 바로 '아버지'입니다. 17절속에 17번이 등장하는 단어는 바로 '아버지'입니다. 여기에서 잠시 본문 이야기의 흐름을 멈추고, 유다에게 아버지는 어떤 분이셨는지를 살펴보도록 하겠습니다.

우리가 모두 아는 바로 유다의 아버지는 야곱입니다. 야곱은 하나님의 인도하심을 받았던 사람입니다. 야곱 모든 식구들은 야곱을 인도하시는 하나님을 보았습니다. 그런데 야곱은 그의 둘째 부인 라헬을 너무나 사랑했습니다. 그리고 라헬이 죽자 라헬의 아들 중 요셉을 무척 아꼈습니다. 이로 보아 아버지의 사랑을 받지 못했던 그의 형들이 마음속으로 가장 미워했던 대상은 요셉이라기보다 오히려 요셉을 감싸주고 안아주었던 아버지였을 것입니다. 하나님의 인도하심을 받지만, 많은 아들들에게 사랑을 주지 않는 아버지, 사랑을 편애하는 아버지, 그런 아버지를 야곱의 아들들은 싫어했을 것입니다. 그래서 야곱의 아들들은 야곱이 편애하는 아들 요셉을 종으로 팔고, 아버지께는 죽었다고 말했는지도 모릅니다. 하지만 요셉의 죽은 소식 이후에도 야곱의 모든 사랑은 라헬의 아들 베냐민을 향했던 것으로 보입니다. 이후 성경 저자는 야곱에 집안에 대해 거의 기록하지 않는 것으로 보아 야곱의 집안은 어려운 시기를 보냈던 것으로 보입니다.

만약 여러분이 유다라면 그 아버지와 그 베냐민을 위해 어떻게 하시겠습니까? 아버지께 베냐민이 이집트 총리의 은잔을 훔쳐 종이 되었다고 말할 수 있지 않았을까요? 하지만 유다는 그리하지 않았습니다. 유다는 베냐민을 아버지께 데려가기 위해 아버지께 분명히 자신의 생명을 담보로 하고 왔습니다. 이미 유다는 요셉의 죽은 소식으로 인해 아버지의 생명과 아들의 생명이 하나로 묶여 있음을 분명히 보았습니다. 또한 자신의 두 아들의 죽음을 보며, 자신도 아들과 아버지의 생명이 하나로 묶여 있음을 경험했습니다. 잠시 저의 이야기를 하겠습니다. 제 어머니는 저를 낳으신 후 임신 중에 생긴 암으로 돌아가셨습니다. 그리고 지난주에 아버지께서 제가 간암이라는 소식을 접했습니다. 이후 아버지께서 생기를 잃어 가시는 것을 보았습니다. 저의 생명에 위태롭다는 소식에 제 아버지의 생명도 같이 흔들리는 것 같았습니다. 아버지의 생명이 제 생명과 묶여있었던 것입니다. 유다는 자신의 두 아들의 죽음을 보며, 아버지 야곱의 생명과 베냐민의 생명이 묶여있음을 깨달았습니다.

　또한 제가 보기에 유다는 야곱의 집안의 가장 큰 위기가 무엇인지를 인식했던 것 같습니다. 하나님의 백성이라 일컫는 이스라엘의 아들들이 2명의 처와 2명의 첩에서 태어났기에 서로 하나 되지 못했습니다. 창세기 42장 21-22절(21. 그들이 서로 말하되 우리가 아우의 일로 말미암아 범죄하였도다. 그가 우리에게 애걸할 때에 그 마음의 괴로움을 보고도 듣지 아니하였으므로 이 괴로움이 우리에게 임하도다. 22. 르우벤이 그들에게 대답하여 이르되 내가 너희에게 그 아이에 대하여 죄를 짓지 말라고 하지 아니하였더냐. 그래도 너희가 듣지 아니하였느니라. 그러므로 그의 핏값을 치르게 되었도다 하니)의 말씀처럼 10명의 형들은 모두 과거의 죄악을 기억하며 살고 있었습니다. 이러한 상황에서 유다는 아버지께 시선을 둡니다. 하나님의 백성이라 일컫는 이스라엘의 아들들이 하나 되는 유일한 길은 이전의 자신들의 죄악들에서 돌아서서, 한 아버지 안에서 하나 되는 길 밖에 없다는 것을 느꼈던 것 같습니다. 마치 신약시대를 살고 있는 우리가 하늘에 계신 우리 아버지로 인해 그분의 모든 자녀들이 한 백성, 한 공동체, 한 가족이 되는 것처럼 말입니다.

　그래서 유다는 베냐민을 구하기 위해 직접 자신이 종이 되게 해달라고 간절히 청했습니다. 베냐민 위해서라기보다 오히려 아버지를 위해서 말입니다. 창세기 37장 26-28절(26. 유다가 자기 형제에게 이르되 우리가 우리 동생을 죽이고 그의 피를 덮어둔들 무엇이 유익할까 27.자 그를 이스마엘 사람들에게 팔고 그에게 우리 손을 대지 말자 그는 우리의 동생이요, 우리의 혈육이니라 하매 그의 형제들이 청종하였더라. 28. 그 때에 미디안 사람 상인들이 지나가고 있는지라 형들이 요셉을 구덩이에서 끌어올리고 은 이십에 그를 이스마엘 사람들에게 팔매 그 상인들이 요셉을 데리고 애굽으로 갔더라.)처럼 자신이 요셉을 종으로 팔자고 선동했었던 바로 그 종의 모습으로 말입니다. 유다가 지난 시간 저지른 잘못을 없던 것으로 할 수는 없었지만 지난날의 잘못으로부터 요셉의 친동생인 베냐민을 살리기 위해, 요셉의 아버지의 죽음을 막기 위해, 자신이 베냐민을 대신해서 종이 되게 해달라고 간절히 구합니다. 유다 자신은 은잔을 훔친 사건에는 아무런 관련이 없었지만, 지난날의 잘못을 뉘우치고 그 죄 값을 치르러 가는 모습으로 말입니다.

본문 16절을 보면, 사실 이 시험은 요셉이 야곱의 아들들에게 도전하는 시험이 아니라, 하나님께서 하나님의 백성 이스라엘(야곱의 다른 이름)의 아들들에게 도전하는 시험이었습니다. 이 시험에 유다는 다음과 같이 17번 대답했습니다. 아버지, 아버지, 아버지, 아버지, 아버지… 유다에게 자신의 생명을 걸어 '그 아버지'를 받아들이는 것은 아버지를 인정하는 것을 넘어서서 아버지를 사랑하는 것이었습니다. 그리고 더 나아가 이스라엘과 함께 하시는 하나님, 바로 아브라함의 하나님, 이삭의 하나님, 야곱의 하나님을 자신의 하나님으로 받아들이는 것이었습니다. 창세기 43장 14절(14. 전능하신 하나님께서 그 사람 앞에서 너희에게 은혜를 베푸사 그 사람으로 너희 다른 형제와 베냐민을 돌려보내게 하시기를 원하노라 내가 자식을 잃게 되면 잃으리로다.)의 말씀처럼 유다는 너희 다른 형제와 베냐민을 돌려보내게 하실, 은혜를 베푸실, 전능하신 하나님을 믿었습니다. 그러므로 여기에 모인 우리도 아버지께로 돌아갈 때, 창세기 45장 7절(7. 하나님이 큰 구원으로 당신들의 생명을 보존하고 당신들의 후손을 세상에 두시려고 나를 당신들보다 먼저 보내셨나니)의 말씀처럼 하나님이 큰 구원을 베푸실 것이며, 우리의 생명을 보호해 주실 것이며 우리의 후손의 삶까지도 인도해주실 것입니다.

우리에게 다가오는 많은 고난과 시험이 있습니다. 이 시험 가운데 여러분은 뭐라고 대답하시겠습니다. "고난이 지나가도록 도와주세요. 시험이 어서 끝나도록 도와주세요." 이렇게 대답하시겠습니까? 예수님께서는 우리에게 주기도문의 첫 시작을 통해 이렇게 기도하라고 가르쳐 주셨습니다. "하늘에 계신 우리 아버지여, 하늘에 계신 우리 아버지여, 하늘에 계신 우리 아버지여… 저를 포함한 모두가 '아버지를 향하여' 나아가기를 간절히 소망합니다."